U0041719

# 英語研究室 2

一場由希臘羅馬到現代的趣味英語發展、應用及文化探索之旅

小泉牧夫 ・ 著

陳芬芳 ・ 譯

アダムのリンゴ

# 亞當的蘋果──

## 從歷史誕生的世界英語趣談

讀者可知道 Adam' s apple「亞當的蘋果」這個英文片語的意思？ Adam 想當然耳是舊約聖經〈創世紀〉裡登場的第一個人類「亞當」。 上帝在創造天地之後，接著創造植物、魚、鳥和野獸，等天地萬物都 造齊，又用地上的塵土造出第一個人類，也就是亞當，並從他身上取 下一根肋骨造了一個女人，即夏娃（Eve）。

上帝吩咐兩人：園子裡各種果樹都可以吃，唯獨生長在伊甸園中央 的樹所結的果子絕不可食。但是夏娃受到蛇的誘惑，吃了「禁忌的果 實」（forbidden fruit），又遞給一旁的丈夫，讓他也吃下。就在亞當 啃食果子的時候被上帝的使者（天使）發現，驚慌之餘嘴裡的蘋果卡 在喉嚨，那個隆起的部分被後人稱為 Adam' s apple，沒錯，就是「喉 結」。為了懲罰人類偷食禁果，上帝對亞當說「你必汗流滿面才得糊 口」，並懲罰夏娃「生產兒女必多受苦楚」。

話說回來，聖經上並沒有寫到這「禁忌的果實」是蘋果，雖然 15 世 紀一位早期尼蘭德派畫家雨果·凡·德·古斯（Hugo van der Goes）

在表現人類墮落的畫作〈亞當與夏娃〉（見日文版封面）裡，把夏娃描繪成手上拿顆蘋果向亞當勸食的模樣，但文獻裡第一個出現「apple」記載的，是在 17 世紀後半。

在英國詩人約翰‧彌爾頓（John Milton，1608–1674）以〈創世紀〉為題材創作的史詩《失樂園》（Paradise Lost，1667 年出版）裡寫到，「怎麼也想滿足一嚐美麗蘋果滋味的強烈欲望，而決定捨棄猶豫的心情」。至於天使目擊亞當與夏娃偷嚐禁果的場景，以及蘋果卡在喉嚨的記述，別說聖經，就連《失樂園》裡也沒個影。喉結是因為這樣而來的說法也許只是民間傳說，但不可否認的是，用 Adam' s apple 來表達的發想確實源自〈創世紀〉與《失樂園》。

其他還有幾個跟 Adam 有關的英語表達，例如 Adams' s wine（亞當的酒）和 Adam' s ale（亞當的麥酒），兩者指的其實都是「水」，因為在亞當的時代釀酒技術還未成形，所以提到酒精飲料時只有「水」可以喝。此外，since Adam was a boy 直譯是「從亞當還是個少年的時候」，所以是「很久以前」的意思。

另外插個英語表達解說，要區別 A、B 兩者時可用 know A from B 的句型，例如 know right from wrong 是「（懂得）分辨是非」。所以俚語 not know someone from Adam，可為「分辨不出某人與亞當的不同」，

但多半解釋成「完全不知道那人」或是「沒見過那人」，例如 'That gentleman said hello to me, but I didn't know him from Adam.' 是「那位男士跟我打招呼，但我完全不認識他」。亞當是第一號人類，後來就算有了夏娃的陪伴，伊甸園裡仍然只有這麼一個男的，自然沒有分辨誰才是亞當的必要──果然是幽默又饒富趣味的表達方式。

　　本書從 Adam's apple「喉結」開始，依序介紹人類歷史中誕生的各種趣味英語。這些單字和表達方式，除了源自歷史上的大事件，也出自神話、傳說、宗教、歷史人物、文學作品、技術發明與革新、流行性傳染病與治療方法，以及百姓的日常生活等。之後將依照「古希臘篇」、「古羅馬篇」、「中世紀篇」、「近世前篇」、「大航海篇」、「近世後篇」、「美洲大陸篇」、「近代篇」、「兩次世界大戰篇」、「戰後與 21 世紀篇」等章節順序做介紹。肯定能讓讀者了解，英語是如何度過歷史巨浪的翻攪延續下來，又是何以成為語彙如此豐富多樣化的語言。

　　那麼，接下來就讓我們來一趟橫跨希臘神話到現代科技用語的英語歷史之旅吧！

# 目次 *Contents*

## 前言

亞當的蘋果
——從「創世紀」而來的序言 2

## 古希臘篇 9

混沌之神卡俄斯 10

大地女神蓋亞 11

愛與美的女神愛芙羅黛蒂 12

勝利女神尼克 14

文藝女神繆思 15

沒有乳房的亞馬遜族 16

阿基里斯的弱點 18

希臘人的禮物 19

良師益友的曼托 20

海妖塞壬之歌 21

牧羊神潘的驚慌 22

從伊索寓言誕生的英語 23

「山羊之歌」和「酒宴之歌」 26

喜劇中的蘇格拉底 27

愚蠢的二年級生 28

柏拉圖式愛情 29

犬的哲學 32

禁欲和快樂的哲學 33

嚴格的立法人德拉古 34

陶片放逐制 35

民主政治與排外 36

阿基米德的尤利卡！ 37

## 古羅馬篇 39

羅馬的創建者 40

厄洛斯與丘比特 41

雙面神雅努斯 42

少了 1 月和 2 月的年曆 42

9 月是第 7 個月 43

7 月是凱撒大帝的名字 45

執政官與元老院議員 46

光榮的奴隸 47

白衣候選人 48

走路拜票的野心家 49

凱撒大帝與帝王切開術 49

橫渡盧比孔河 50

克麗奧佩特拉的鼻子 52

尼祿、羅馬大火與小提琴 53

圓形競技場和劍鬥士 55

條條大路通羅馬 56

哈德良長城 57

金盆「洗手」等同「洗腳」 58

慢郎中的朗基努斯 59

啟示錄與世界末日 60

基督教受到承認 62

破壞者汪達爾人 63

# 目次 *Contents*

## 中世紀篇 65

不列顛人和盎格魯撒克遜人 66
國王是血緣之子 67
亞瑟王與圓桌武士 68
騎士和沙朗牛排 69
金馬刺 70
自由作家是把自由的長槍 71
盔甲、稅金和郵件 71
騎士精神與傲慢 72
盎格魯撒克遜人與維京人 73
嚴峻考驗（ordeal）來自神明裁判 74
愛偷窺的湯姆 76
諾曼人征服英格蘭 77
成了英語的法語 77
英語和法語的結合 79
「取消」跟「格子」有密不可分的關係 80
宵禁是熄火的時間 81
土地調查是末日審判 82
淫魔 83
無知的美好（nice）85
十字軍與暗殺者 86
廣大的金雀花王朝 87
國會是用來議論的地方 88
羅賓漢的小屋 90
威爾斯親王的懷柔政策 91
百年戰爭與嘉德騎士團 92

黑死病與檢疫 94

## 近世前篇 97

文藝復興和英語 98
特赦是饒恕（pardon）99
新教徒與天主教徒 101
東正教指正統的 102
英國的宗教改革 103
湯瑪斯・摩爾與烏托邦 104
「桃花源」的英文 106
代罪羔羊 108
血腥瑪麗雞尾酒 109
童貞女王伊莉莎白一世 110
生存還是毀滅 111
給百合花貼金是畫蛇添足 113
玫瑰的名字 113
一竅不通的希臘語 114
綠色是嫉妒的顏色 116
搞「笑」來自戲劇用語 116
三流演員是火腿 117
莎士比亞修正版 119
格列佛遊記是諷刺小說 120
格列佛遊日本 122

## 大航海篇 125

哥倫布與伊莎貝爾一世 126

懂得掌「繩」等同掌握「訣竅」127

垃圾（junk）是水手用語 128

沾了焦油的人 129

暈船與酒醉 130

清理甲板，準備開戰！131

餅乾要烤兩次 132

海龍王的監獄 133

拐騙的目的是前往上海 134

五月天，救命！135


近世後篇 137

克倫威爾與清教徒革命 138

復辟與黑名單 140

內閣與保險套 141

打劫的強盜對上趕牲畜的鄉巴佬 143

世界第一位首相的誕生 144

沃波爾和平 146


美洲大陸篇 149

清教徒移民美洲大陸 150

火雞和土耳其 150

來講講火雞 152

伊莉莎白一世和維吉尼亞 152

跳蚤市場源自曼哈頓 153

如刀身飛出般的狂怒 154

把斧頭埋在地下言歸於好 155

美元是鹿皮 156

紳士禮服來自美洲原住民部族名稱 157

梅毒和牧羊人 158

死前要去一趟拿坡里 159


近代篇 161

茶黨事件 162

約翰漢考克的親筆簽名 163

自力移動的蒸氣火車 165

華氏與攝氏 166

琥珀摩擦產生靜電 167

路遙知「馬力」168

拿破崙的崇拜者 169

美國是山姆大叔 170

傑利蠑螈選區 171

吞食烏鴉的恥辱 172

OK 的語源 173

49 人淘金客的夢想 175

美國南北戰爭 177

死線等同最後交期 178

將軍的鬍子 178

將軍與娼婦 179

蓋茨堡演說 180

不要在渡河途中換馬 181

# 目次 *Contents*

惹人厭的名字 183

四十英畝地和一頭騾子 184

不列顛治世 185

肺結核與卡介苗 186

遭到集體抵制的杯葛 187

流汗與靈感 188

英國的砲艦外交 189

## 兩次世界大戰篇 191

巴爾幹半島是歐洲火藥庫 192

德國潛艇與坦克 193

那裡（over there）是指歐洲 195

女諜間瑪塔哈里 195

凡爾賽條約與美國的繁榮 196

私釀酒是月之光輝 197

墨索里尼和法西斯主義 199

希特勒和納粹 200

邪惡軸心 202

大屠殺（Holocaust）是宗教用語 203

難以置信的大屠殺 204

引發電機設備故障的小精靈 205

爆彈、大轟動和惡質不動產業者 206

成了英語歷史遺跡的神風特攻隊 207

諾曼第登陸和原爆點 207

## 戰後與 21 世紀篇 209

冷戰 210

洗腦 211

親愛的約翰分手信 212

氫彈、比基尼與哥吉拉 213

多米諾骨牌理論 214

尼克森與水門案 216

毛澤東留下的英語 218

嬰兒潮與團塊世代 220

從嬉皮到雅痞 221

沙發馬鈴薯和頂客族 222

政治正確用語 223

英文縮寫有兩種 224

有趣的 IT 用語 227

復活的死語 229

自動翻譯機會改變英語的未來嗎？ 230

## 後記 232

## 參考文獻 234

# 古希臘篇

# ──混沌之神卡俄斯──

舊約聖經〈創世紀〉的開頭寫到「起初，神創造天地，地是空虛混沌……」。在日本最古老的正史《日本書紀》開頭也有「古、天地未剖、陰陽不分……」的記載。

希臘神話恰巧也把世界之初設成天地混然一體的無秩序狀態，而且古希臘人還把這種混沌狀態給擬人化，創造出一個叫 *Chaos*（卡俄斯，英語：Chaos）的神，也是希臘原始神[01] 的根源。英語 chaos「混亂、雜亂無序」便是由此而來。

gas「瓦斯、氣體」是從 *Chaos* 一詞創造出來的單字。時間要跳到 1600 年的時候，荷蘭的化學家凡赫蒙特（Jan Baptist van Helmont，1577-1644）想到「氣體」的概念，他把木炭燒成灰燼後測量灰燼的重量，發現比木炭輕許多，認為一定有什麼東西在燃燒的過程中釋放到空氣裡，後來便引用 Chaos 的稱呼，根據家鄉的口音把它叫做 gas。

跟混亂的 chaos 成對比的是表「秩序、和諧」的 cosmos，這個字也有「宇宙」的意思，因為古人認為天體是有秩序的和諧體系，源自古希臘語的 *kosmos*（秩序）。集哲學家、數學家和宗教家等頭銜於一身的畢達哥拉斯（Pythagoras，c.580-500 BC）被認為是第一個使用這個字的人。

順便一提，在日本又叫「秋櫻」的大波斯菊，因花瓣像宇宙裡的恆星一樣整齊排列而有 cosmos 的英文稱號。至於另一個來自相同語源的單字是 cosmetic「化妝品」，不難理解為什麼把門面妝點得整齊好看的裝飾品會用此稱呼。

## ──大地女神蓋亞──

太初，混沌之神 *Chaos* 生下了大地女神 Gaia（蓋亞），在拉丁語和英語寫成 Gaea [02]，古希臘語標示為 *Gē*，是 geology「地質學」、geography「地理學」、geopolitics「地緣政治學」等跟土地或地球有關的單字裡，字首 geo- 的由來。

蓋亞靠自己的力量產下天空之神 *Uranos*（烏拉諾斯）來支配全宇宙，在現代英語 Uranus 也有「天王星」的意思。蓋亞之後又跟自己的兒子烏拉諾斯結合，產下 6 男 6 女叫 *Titān*（泰坦）的巨神。光看名字還以為是單一神祇的稱呼，原來是 12 人組成的神族，又叫泰坦族。

titan 跟現代人生活有著密切的關係。首先是 titanium「鈦」這個金屬元素（原子序數 22、化學符號 Ti），其重量輕、強度高，具良好的抗腐蝕能力以及耐高溫和耐低溫等特性，被用來製造飛機、腳踏車和高爾夫球桿等。

---

01　希臘神話中創世的神。

02　英語發音為 /ˈdʒiə/。

其他還有譬如跟土星最大的衛星「泰坦星」[03] 同名的日本搞笑二人組「爆笑問題」所屬經紀公司也叫 Titan，而諫山創的作品《進擊的巨人》，英文名稱是 "Attack on Titan"，這套漫畫正如其名，像巨人般席捲了動漫、遊戲市場，甚至出了真人電影版。

但讀者最先想到的，應該還是 1911 年首航即在中途碰撞冰山沉船的大型豪華郵輪鐵達尼號 the Titanic。titanic 是 titan 的形容詞，除了「鈦的」，還有「巨大的」意思。這裡稍微解釋一下文法。形容詞前加 the 是用來指整個群體，例如 the unknown 是「未知的事物」、the rich 是「有錢人」，the titanic 是「巨大的東西」，而鐵達尼號就是「巨輪」的意思。名詞的 titan 還有「具強大影響力的人或物」的意思，例如 business titans 是「商業界的巨頭們」。

泰坦神族 12 兄弟姐妹裡有個叫 *Ōkeanos*（俄刻阿諾斯，英語：Oceanus）的海神。在希臘神話的世界觀裡，大海包圍了圓形大地，其海流被神格化之後就成了俄刻阿諾斯，是地上所有河川、湖泊與泉水的源頭。從拼法也能猜到 ocean「海洋」就是源自 *Ōkeanos*。

## ──愛與美的女神愛芙羅黛蒂──

蓋亞和烏拉諾斯之間除了泰坦，還有其他許多孩子，包括獨眼巨人族的 *Kýklōps*（英語：Cyclops [04]），以及有 50 個頭的百臂巨人族

*Hekatoncheir*（英語：Hecatoncheir）。

烏拉諾斯對這群像長得像怪物的孩子感到嫌惡，便把他們關進地獄裡。憤怒的蓋亞於是找來另一個兒子 *Krónos*（克洛諾斯）殺害烏拉諾斯。克洛諾斯把自己父親的生殖器割除，扔進海裡。流到海裡的精液化成泡沫，誕生了 *Aphrodītē*（愛芙羅黛蒂），英語寫成 Aphrodite，是愛與美的女神，也是「春藥」和當形容詞使用時「催情的」aphrodisiac 的由來。因此，說愛神 *Erōs*（厄洛斯，英語：Eros）是愛芙羅黛蒂的兒子，沒有人不信服。厄洛斯是射箭高手，被他的黃金箭射中的人會深陷愛情之中。厄洛斯後來成了羅馬神話裡的 *Cupīdō*，沒錯就是愛神丘比特（英語：Cupid）。順便一提，cupidity 有「貪財、好色」的意思。

愛芙羅黛蒂跟兒子厄洛斯之間有著這樣一則故事。在人間有 3 個漂亮的姐妹，最小的 *Psȳchē*（普賽克，英語：Psyche [05]）長得尤其標緻，吸引許多男性愛慕。愛芙羅黛蒂心生嫉妒而拜託兒子「讓普賽克愛上世上最醜又卑賤的男人」。

厄洛斯於是在夜裡趁普賽克睡覺的時候，偷偷潛入她的房間，卻被其美貌深深吸引。就在厄洛斯對那張睡臉看得入迷之時，普賽克突然醒來，驚慌的厄洛斯不小心把箭射向自己，而愛上對方。

讀者看到 "*psyche*" 這個字時是否想到什麼？*psyche* 在古希臘語是「氣息、呼吸」的意思，從而衍生出「生命」、「心」和「靈魂」之意。英語以 psycho- 或 psychi- 為首的單字，也都和「心」有關，例如

---

03 又名「土衛六」，被懷疑有生命體存在。

04 電影《X 戰警》裡可從眼睛射出強力鐳射的英雄人物獨眼龍，英文名就叫 Cyclops。

05 Psyche /ˈsʌɪki/

psychology「心理學」和 psychiatry「精神病學」；psychic「靈媒」，當形容詞使用時是「精神的」、「心靈的」。psycho 在口語是「精神病患者」，1960 年由懸疑電影大師希區考克（Alfred Hitchcock）執導的驚悚名片【驚魂記】（Psycho）也是以此為名。

第一次看到 psychology [06] 這個單字的人，可能會唸成"普西丘洛基"，就語源來說未必有錯，但 psy 要唸成「賽」。

## ──勝利女神尼克──

泰坦神族的子孫裡有個叫 *Nīkē*（尼克）的勝利女神，讀者可在羅浮宮的〈勝利女神像〉（Nike of Samothrace）一睹其風采。這座大理石雕像創作於西元前 2 世紀，1863 年在愛琴海薩莫色雷斯島（Samothrace，希臘）剛被發現的時候只有軀體，爾後單邊翅膀等碎片陸續出土才拼湊成現在的樣子。雖然頭部和兩臂盡失，但軀體基本完好，挺胸展翼的姿態充滿躍動感。

全球知名體育用品製造商 Nike 的名字就是取自勝利女神的 *Nīkē*。Nike 的 "i" 發成 /aɪ/，在英語有很多相同的例子可循，例如日本相機品牌 Nikon 的美式發音為 /ˈnaɪkɒn/，來自北歐的 IKEA（宜家家居）也可唸成 /aɪˈkiːə/。

話說回來，女神尼克在羅馬神話裡成了 *Victōria*（維多利亞），亦即英語 victory「勝利」的由來。

## ──文藝女神繆思──

可曾聽聞繆思（Muse）的大名？希臘語又叫 *Musa*（慕沙）。

羅浮宮博物館的〈薩莫色雷斯勝利女神〉

在〈愛與美的女神愛芙羅黛蒂〉裡提到了把父親去勢的克洛諾斯，他和同屬泰坦神族的妹妹 *Rheā*（瑞亞）結婚，生下了兒子 *Zeus*，即希臘神話裡全知全能，至高無上的天神，也是眾神與人類的父親「宙斯」（英語：Zeus）。而繆思（慕沙）是宙斯與泰坦神族之一的記憶女神 *Mnēmosynē*（謨涅摩敘涅，英語：Mnemosyne）結合生下的孩子。

繆思也不只一人，而是九個掌學問與藝術的文藝女神，包括：司敘事詩[07] 的 Calliope（卡利歐佩）、司歷史的 Clio（克利歐）、司抒情詩的 Euterpe（優忒碧）、悲劇女神 Melpomene（墨爾波墨涅）、喜劇女神 Thalia（塔利亞）、司歌舞的 Terpsichore（忒普斯歌麗）、司愛情詩的 Erato（艾勒托）、聖歌女神 Polyhymnia（波利遜尼亞），以及司天文的 Urania（烏拉尼亞）。

---

06 psychology /saɪˈkɑlədʒɪ/
07 以敘述歷史或當代事件為內容的詩歌，也稱「史詩」。

源自 Muse 的 museum，原來指的是祭祀繆思的神殿，後指研究學問的場所，現在則用來指「博物館」和「美術館」等收藏或展示圖書與畫作的建築物。

music「音樂」一字也跟 Muse 有關，源自希臘語的 *mousike* 是 art of the Muses「繆思女神技法」的意思。從忒普斯歌麗是司歌舞的女神這一點也能理解。

## ──沒有乳房的亞馬遜族──

希臘神話裡有個驍勇善戰，只有女性成員的種族叫 *Amazōn*（亞馬遜，英語：the Amazons），她們住在黑海沿岸，是以爭戰和狩獵為主的馬背上民族。其族人為了不讓胸部妨礙拉弓的動作，故將單邊乳房切除。在希臘語裡，*Amazōn* 是由「*a*（無）＋ *mazos*（乳房）」組成，即"沒有胸部"的意思。

為延續後代，亞馬遜人會找周邊部族的男性同房，生產後只留下女嬰在族裡培養成接班人，男嬰則遭殺棄、成為奴隸或交由父親帶大。amazon 在現代英語有「女戰士」、「具有男子氣概的女子」以及「女中豪傑」等意思。

南美的亞馬遜河（Amazon River）則是 16 世紀西班牙探險隊進入廣

大的叢林深處，聽聞有「勇猛女戰士部族」的存在而命名，曾傳出探險隊遭到該部族攻擊，展開反擊的說法。

再來就是由傑夫・貝佐斯（Jeff Bezos）在 1994 年創辦的企業 Amazon.com, Inc.。現已發展成全球電子商務巨人的「亞馬遜」，原來只是個網路書店營運商，並根據消災解厄的「咒語」abracadabra 一字，在美國華盛頓州登記名稱為 Cadabra, Inc.。有次貝佐斯在電話中跟對方表明公司名稱時，被誤解成是「用來做為解剖等醫學訓練的屍體」cadaver（也指一般屍體），因而改成現在的名字。

Amazon 這個名稱蘊含了貝佐斯對公司未來的期許，希望藉由豐富的商品銷售獲取廣大的市占率，就像世界流域面積最大的亞馬遜河一樣。商標裡有個箭頭從 A 指向 Z，也隱含了企業想要囊括大大小小所有商品的理念在其中。

回到古希臘時代，詩人 *Hómēros*（荷馬，英語：Homer）在西元前 9 到 8 世紀創作的長篇史詩《伊里亞德》（Iliad）裡有寫到亞馬遜族曾參與特洛伊戰爭（the Trojan War），支援特洛伊軍對抗希臘聯軍，並記述其女王潘德西利亞（Penthesilea）被希臘第一勇士阿基里斯（Achilles）所殺。有人認為亞馬遜族確實存在。她們住在黑海四周，而黑海過去又叫「亞馬遜海」。19 世紀德國業餘考古學家亨利希・施里曼（Heinrich Schliemann，1822–1890）發現特洛伊城遺跡，為這參與史詩戰役的種族增添了確實存在的可能性。

# ──阿基里斯的弱點──

荷馬史詩《伊里亞德》裡最活躍的英雄人物可說是 *Achilleus*（阿基里斯，英語：Achilles）。阿基里斯的母親是貌美出眾的海洋女神 *Thetis*（忒緹斯，英語：Thetis），因拒絕宙斯的求婚[08] 而不得與其他的神結親，並在宙斯的作主下被許配給人間的國王佩琉斯（Peleus）。

半神半人的阿基里斯無法繼承母親的不死之身，忒緹斯於是在阿基里斯出生時抓著他的腳踝，將之浸泡在環繞冥界的斯堤克斯河（Styx），讓河水為他帶來長生不死的神力。但被抓著沒能碰到水的腳踝卻成了阿基里斯的弱點，以致特洛伊戰爭裡被特洛伊王子 Paris（帕里斯，英語：Paris）用毒箭射中要害死去。

關於此，背後有一段因緣是，固守忒涅多斯島（Tenedos）的特涅斯被阿基里斯所殺，光明之神 *Apollōn*（阿波羅，英語：Apollo）為了替兒子報仇，把阿基里斯唯一的弱點洩漏給帕里斯，但毒箭飛向那裡也可說是命運使然[09]。

人體腳踝位置的肌腱（即阿基里斯被射中的位置）便以此為名，叫 Achilles tendon 又名 Achilles heel。而 "阿基里斯之踵" 也被用來指人──尤其是強人──的「弱點」或「死穴」，例如 'His Achilles heel is his carelessness.' 是「他的缺點在於粗心大意」。

---

**08** 另有一說是，宙斯因為聽到預言「生下的孩子會比父親還要強大，成為支配者」，而放棄與忒緹斯結婚。

# ──希臘人的禮物──

繼《伊里亞德》之後，荷馬又創作了另一部史詩《奧德賽》，英語叫"Odyssey"，有「長途飄泊冒險」、「（精神或知識層面的）漫長探索過程」之意。

故事是描寫希臘聯軍英雄，同時也是希臘西部沿岸伊薩卡島（Ithaca）國王 Odysseus（奧德修斯[10]，英語：Odysseus）在特洛伊戰爭後，歷經 10 年的海上漂流與險阻，終於返回故鄉的旅程。

特洛伊木馬（Trojan Horse）是特洛伊戰爭裡希臘軍隊得以攻陷敵軍城邑的重要關鍵，而這個異想天開的戰術正是由奧德修斯獻計。

打了十年仍處於膠著狀態的希臘聯軍，依計建造了一隻巨大木馬放在特洛伊城門前，連夜退回忒涅多斯島佯裝撤退，並特意留下一位士兵欺敵用。隔日好奇圍觀的特洛伊人抓到這名士兵，從他口中得到「希臘軍已經撤退，木馬是為了平息女神的憤怒而造。至於為什麼做得如此巨大，是因為占卜師預言木馬如果進了城，希臘軍將得不到女神保祐」的供詞，便開心地把木馬推進城內 —— 有一說是木馬過於巨大，無以穿過城門，特洛伊人只好把部分城門打掉才得以推馬入城 —— 殊不知木馬裡藏了希臘士兵，到了夜裡偷偷打開城門引聯軍入城，裡應外合攻下特洛伊城。

---

09　在阿基里斯出生時早有預言「忒緹斯的兒子將會有個長壽而平凡，再不就是功流萬世的短暫人生」。

10　在羅馬神話裡又叫尤里西斯（Ulysses）。

從木馬屠城記的故事又衍生出 Greek gift（希臘人禮物）的說法，意指「圖謀害人，別有用心的禮物」。beware (or fear) the Greeks bearing gifts（小心帶禮物來的希臘人），是警告人「小心敵人或對手獻殷勤的行為」，就算已經和解也要提防曾是敵對關係的他人笑裡藏刀。

到了 21 世紀的現代，Trojan Horse 仍存在並進化成一種惡意軟體（malware [11]）利用偽裝侵入電腦，竄改、刪除或竊盜數據資料，電腦用語就叫「特洛伊木馬程式」。

## ──良師益友的曼托──

*Mentōr*（曼托）是《奧德賽》裡登場的一位賢者，他是伊薩卡島王奧德修斯的家臣，也是戰友和顧問，經常給出高明的建議，得到國王全方位的信賴。因此當奧德修斯外出打戰時，就把教導兒子 *Tēlemachos*（忒勒瑪克斯，英語：Telemachus）的重責大任託付給他。

現代英語 mentor「良師益友」便是來自這位賢者，也可當成「人生目標的模範」使用。最近在日本，尤其是商務場合也常用到這個字，指的是組織內提攜新進員工與後進的前輩，不只業務上的指導，也扮演人生問題諮詢等精神支持的角色。也許是因為年輕人流動性大，近年有越來越多企業採用這種老鳥看顧菜鳥的"曼托制度"，而 mentoring「顧問指導」也有了「新進員工教育」和「人材養成制度」的意思。

# ──海妖塞壬之歌──

siren 是喚起人們注意或告知危險的「警報聲」或「警報裝置[12]」。這個字也是從《奧德賽》裡登場的海妖 *Seirēn*（塞壬）而來。

塞壬有著女性的美，背有雙翼，身軀長得半人半鳥[13]，住在西西里島附近的小島，擅長利用甜美的歌聲吸引水手，讓駛近的船隻觸礁遇難。奧德修斯為免下屬遭到誘惑，命令全船的人在耳朵塗蠟，斷絕外來的聲音以確保航行安全，但他自己又想聽聽塞壬的歌聲有多美妙，而命令人把他綁在帆柱上。就這樣，奧德修斯成了唯一聽過塞壬歌聲還能存活下來的人。

1819 年法國物理學家查爾斯・甘涅特（Charles Cagniard de la Tour，1777–1859）改良了原先用來充當樂器的警報裝置原型[14]，利用兩片穿了洞的圓板相互轉動，可在圓孔位置一致時經由空氣震動發出極大聲響的警報裝置，這讓查爾斯想起《奧德賽》裡的海妖而將之命名為 siren。

從過去發布空襲、火災警報，又或通知工場開始作業與結束時間的鈴響，到現在巡邏、救護和消防車等緊急車輛警示用途，以及日本甲子園高中棒球錦標賽中示意比賽開始與結束的蜂鳴器聲響，都不像希臘神話裡塞壬令人陶醉的美聲，而是把人拉回現實的高分貝警報聲。

---

**11**　malware ＝ malicious + software。

**12**　輪船和火車的「汽笛」也叫 siren。

**13**　後世也有把下半身畫成魚的。

**14**　由蘇格蘭物理學家約翰・羅比遜（John Robison，1739–1805）發明。

# ──牧羊神潘的驚慌──

希臘神話裡，*Pān*（潘，英語：Pan）是個上半身為人，蓄有長鬚，長著角，下半身是山羊的牧羊神，總是吹著蘆葦編成的排笛[15] 在牧場來回走動。古希臘人相信不能好生睡個午覺的潘會鬧情緒，為人類和羊群帶來極度的恐慌。有時羊群突然群起騷動，往不同方向奔去，陷入混亂狀態的背後，在古人看來就是 "跟潘有關"，英語的 panic「恐慌」、「驚慌」便是由此而來。

有次潘愛上了妖精 *Ēkhō*（艾科），但對方拒絕了他的求愛，盛怒的潘於是指使一群牧羊人發狂似地把艾科撕成碎片，散在世界各地。之後每當潘吹笛的時候，總會傳來回聲。echo「回聲」、「回響」就是從妖精艾科而來的。在日本，也把回聲視為樹精或山精的回應，因而又稱「木靈」或「山彥[16]」。

echo 也可當動詞使用，除了「發出回聲」、「產生回響」，也有「模仿」和「重複（他人的話等）」意思。例如 'The politician only echoed the famous news commentator' s opinions.' 是「那個政客只是重複知名新聞評論者的意見」。

在羅馬神話裡還有個跟艾科有關的傳說。不能說話的艾科愛上了美少年納西瑟斯（希臘語：*Nárkissos*），當她想要上前擁抱少年的時候遭拒而羞愧地躲進山裡，夢斷魂消，只剩聲音和骨頭，最後連骨頭也化

成石頭，徒留聲音。

一個也曾遭納西瑟斯奚落的山林女神於是向天祈願讓他也嚐嚐「得不到自己所愛的痛苦」。一天納西瑟斯來到池邊，看見水裡的倒影是那麼美，而愛上自己，成了 narcissism「自我陶醉」、「自戀」，以及 narcissist「自戀者」、「孤芳自賞者」的由來。

納西瑟斯因迷戀自己在水中的倒影不肯離去，不飲不食的最後，憔悴地讓死神為他闔上雙眼。當山林女神們要為他舉行葬禮時，找不到他的屍體，卻在原地開出外層白色平展如盤，圍著黃色花瓣的花，也就是 narcissus「水仙」的由來。

水仙帶有讓人麻痺的微毒性，因此有人認為 narcissus 一詞其實來自希臘語的 *narkē*（麻痺的意思）。英語幾個以 narco- 為首的單字也跟麻醉或催眠有關，例如 narcosis「麻醉作用、昏迷狀態」、narcotic「麻醉劑（的）[17]、催眠的」，以及 narcolepsy，一種醫學上指一個人可以莫明其妙地隨時隨地睡著的「猝睡症」。

## ——從伊索寓言誕生的英語——

*Aisōpos*（英語：Aesop）是存在於西元前 6 世紀的古希臘作家「伊索」，後人將其創作結集成《伊索寓言》（Aesop's Fables），在日本也是耳

---

**15** pan flute 的名稱，是從牧羊神潘總是吹奏這種樂器而來。
**16** 「木靈（こだま）」、「山彥（やまびこ）」都是指山谷或聲音碰撞牆壁產生的回音。
**17** 尤指跟毒品有關的。

熟能詳的童話故事，現在英國大英博物館裡不但保存了 1593 年在日本天草印刷的羅馬字版，江戶時代初期也曾出版以假名[18] 寫成的譯本《伊曾保物語》而受到好評。

從《伊索寓言》誕生的英語表達字句很多，以下舉其中幾個具代表性的例子。首先是 cry wolf（喊 "狼來了"），出自〈放羊的孩子〉[19]。有個少年總是謊稱「狼來了」，屢次帶給村人不必要的騷動，有天晚上狼真的來了，但村人以為他又在說謊而不加以理會，結果少年就被狼吃了。從這個故事，cry wolf 變成「發假警報（造成騷動）」的意思。

說起狼，不經想起「披著羊皮的狼」，英語叫 a wolf in sheep's (or lamb's) clothing，也是典出《伊索寓言》，敘述一匹狼披著羊皮，混入羊群中偷羊。原來指「外表溫和實則危險的人物」，後來也比喻成「偽善者」。在新約聖經裡也有類似的英語表達，'Beware of false prophets, which come to you in sheep's clothing, but inwardly they are ravening wolves.'「你們要防備假先知。他們到你們這裡來，外面披著羊皮，裡面卻是殘暴的狼」[20]（馬太福音 7:15）。

〈狐狸和葡萄〉也是則家喻戶曉的故事，描寫一隻狐狸試圖摘下掛在樹上的一串葡萄，幾次都搆不著之後反倒不服氣地說：「那串葡萄肯定是酸的！」。英語的 sour grapes 和中文慣用的「酸葡萄心理」都是出自於此。想用動詞表達時，可在前面加 cry 變成 cry sour grapes，即「吃不到葡萄說葡萄酸」。

---

18　「假名」是日本根據中國傳來的漢字創造的表音文字。江戶時代初期使用假名或參雜假名編撰而成的近代故事和散文文學，叫「假名草子」。

19　也叫〈狼來了〉（The Boy Who Cried Wolf）。

20　英譯出自 King James Version，中譯摘錄自《新約聖經 中文和合本》。

「殺雞取卵」的成語是出自〈生金蛋的雞〉，但英譯版裡會下蛋（lay eggs）的是鵝，所以是 kill the goose that lays the golden eggs。話說有個農夫養了一隻會下金蛋的鵝，一天能產一顆金蛋，貪心的農夫認為鵝的肚子裡一定裝滿了金塊而將之開腸破肚，既沒能找到金塊，鵝也死了。叫人「不要為了眼前的好處而捨棄了長遠的利益」的教訓意味。

也有從故事變成諺語的，'don't count your chickens before they're hatched' 是「不要在小雞還沒孵出前就先算有幾隻雞」。hatch 是「孵化」、「（小雞等）出殼」的意思。在日本也用「貍都還沒抓到就想著賣皮[21]」來比喻「打如意算盤」。

〈擠牛奶的女孩〉就是個例子。這個農家女孩擠完牛奶，頂著一桶牛奶走出來時，想著：「這桶牛奶可以分離出乳脂，做成奶油拿到市場賣，再拿錢去買很多雞蛋，等孵出小雞長大後可賣得好價錢，買漂亮的衣服穿，迷倒村裡的年輕人……」。就在她想得心花怒放的時候，忘形地把頭上頂著的牛奶給打翻，一切都化為烏有。簡單的故事卻告訴我們，要腳踏實地，在最後結果還沒出來之前都不可掉以輕心。

A bird in the hand is worth two in the bush（一鳥在手勝過雙鳥在林）的諺語也是勸人，與其貪求不確定的事物，不如滿足於現有的。在日本也說「明日的百兩不如今天的五十兩[22]」。

---

21　取らぬ狸の皮算用。
22　明日の百より今日の五十。

# ——「山羊之歌」和「酒宴之歌」——

古希臘盛行上演悲劇和喜劇。

tragedy「悲劇」一詞源自希臘語「*tragos*（山羊）＋ *ōidē*（歌）」的結合，即"山羊之歌"。關於這個名稱的由來，有個說法是演出前古希臘人會宰羊祭神，再於事後把羊送給演技最好的人做為獎賞，因而把當時演出的曲目類型稱為「山羊之歌」。但也有學者認為，悲劇之所以叫山羊之歌，是從人們感念祭神時代替人類犧牲生命，獲得救贖的「代罪羔羊」scapegoat 所吟唱的悲歌而來。

comedy「喜劇」則來自希臘語「*kōmos*（酒宴）＋ *ōidē*（歌）」的酒宴之歌。古希臘有些地方信奉酒神 *Dionȳsos*（狄俄尼索斯[23]，英語：Dionysus），每到酒神祭典的這一天，人人喝得酩酊大醉，持火把在村裡結隊遊行，於狂亂和陶醉之中尋求靈魂的解脫。酒醉的村人歡唱的滑稽歌曲就成了 comedy 的由來。

此外，在一些英文單字裡也可看到 *ōidē*（歌）這個字隱身其中，例如 melody「旋律」、rhapsody「狂想曲」和 parody「戲謔性的模仿」等。讀者可能以為 parody 跟「歌」沒什麼關係，其實是「*para*（對立的）＋ *ōidē*（歌）」的結合，原來的意思是「為了嘲諷他人撰寫的歌而重新編製的曲子」，進而成為喜劇裡維持觀眾新鮮感的手法，最後演變成巧妙模仿正統文學等作品，改編成詼諧、不雅的內容之意。

# ——喜劇中的蘇格拉底——

享有喜劇之父美名的 *Aristophanēs*（阿里斯多芬尼斯，英語：Aristophanes，c.450–c.385 BC）有部劇作叫《鳥》（The Birds），描寫兩個厭倦地面生活的雅典人，招集了一大群鳥在空中築起一座城堡，做為神和人類之間的理想國度「布穀鳥國」cloud-cuckoo land——在現代而言，是帶有諷刺意味的「脫離現實的幸福安逸國度」，例如 'He is living in cloud-cuckoo land.' 是「他生活在脫離現實的夢想世界中」。

阿里斯多芬尼斯還有一部叫《雲》（The Clouds）的喜劇，令人驚訝的是，生長在同一時代的哲學家 *Sōkratēs*（蘇格拉底，英語：Socrates，469–399 BC）也成了劇中人物。故事描寫一位因內戰（Peloponnesian War）造成農地荒蕪，兒子又耽溺於玩樂的老人，欠下許多債，於是把兒子送進蘇格拉底興辦的學院。那裡教的是辯論術，能藉由辨給的口才顛倒是非，也能在正當立場上站穩腳步不被對方辯倒。老人想的就是利用辯論術來說服討債的放他一馬，就算告上法院也能講得頭頭是道，讓對方取消債權。

拜蘇格拉底為師之後，兒子果然有出息地用辯論技巧勸退債主，但是有天跟老父起口角時竟然動手打人，還把自己的理虧正當化，說是「連老母都能打」。老人把對兒子的怨恨移轉到蘇格拉底身上，就把他的學院給燒了。

---

**23**　在羅馬神話裡又叫 Bacchus（巴克斯）。

這個故事背後反映當時 *sophistēs* 普遍存在的社會現象，他們是群專收學生，教人如何利用辯論技巧達成說服目的的有智之士，即英語的 sophist「詭辯家」。蘇格拉底被誤解成詭辯家之一，未能發揮知識和語言的力量探求真理，反而將之做為辯論致勝的工具，也成了這位偉大的哲學家在日後被判處死刑的原因之一。

結果這種虛有其表的辯論術在社會上形成風氣，出現了以言論支配和煽動民眾的領導者，就連需要冷靜判斷的市民總會也淪為大型口頭辯論會場，失去了政治議會的實際功能。

demagogue「蠱惑民心的政客、煽動群眾者」便是來自希臘語的「*dēmos*（群眾）＋ *agōgos*（領導者）」。至於「蠱惑人心的行為」和「煽動的方法」，在英式英語叫 demagogy，美式英語叫 demagoguery（又可解釋為「妖言惑眾」），在日本則沒有分得那麼細，兩者都簡稱為 "電馬[24]"。

## ——愚蠢的二年級生——

很多人都知道 philosophy「哲學」一字來自希臘語的「*philos*（愛）＋ *sophiā*（智慧）」，是 "愛智慧" 的意思。日本私立大學名校之一的上智大學（Sophia University），英文名稱便是取自 *sophiā*。

sophisticate「精通世故的人」或是形容詞 sophisticated「富有經驗的」、「不落俗套的」，碰巧也跟上一篇介紹的「詭辯家」sophist 一樣，開頭都是 sophi-，但 sophi- 並不是個字首。日本人經常用轉成外來語的 sophisticate 或 sophisticated [25] 來稱讚他人的興趣、想法和態度等充滿都會時尚感。但美國人可就不這麼想了，敝人以前曾被人訂正不可用 'You are sophisticated.' 來稱讚他人，因為這話暗指了對方是個經驗老到處事滑頭的人。從 sophist 的由來，好像也能嗅出這麼點 "老油條" 的味道。

換個話題來談談「大學二年級生」sophomore [26] 這個單字。和「大一」freshman、「大三」junior 以及「大四」senior 的稱呼比起來，sophomore 顯得很不可思議。把這個字拆成「sopho ＋ more」來看，已經知道 sopho- 是 "智慧、賢明" 的意思，-more 也源自希臘語的 *mōros*，是 "笨蛋、愚蠢" 之意，合起來就是 "聰明的笨蛋"。這是因為，到了二年級已經有了一年的學習經驗，看似聰明，實則還不成熟，漏洞百出而得此稱呼。sophomore 稱呼的使用記錄可追溯到 17 世紀中期的英國劍橋大學。

## ——柏拉圖式愛情——

*Plátōn*（柏拉圖，英語：Plato，c.429–c.347 BC）師事蘇格拉底，但這位沒有留下任何著作的偉大哲學家得以流傳後世的原因，主要靠的

---

24　デマ，一指以政治目的為由，意圖傳播煽動人心的不實資訊；二指與事實不符的流言蜚語。デマゴーグ是散播不實流言，煽動人心的人（→ demagogue）。

25　ソフィスティケート（sophisticate）、ソフィスティケーデット（sophisticated）

26　在美國，高中二年級學生，以及在實務、技術方面具二年經驗者也叫 sophomore。

是柏拉圖的幾本對話錄。

柏拉圖對學生講述哲學的地方，位在雅典郊外一座叫 *Akademia* 的庭園，其名稱也成了現代英語 academy「學院、學會、研究院」，以及 academic「學術的」、「學究式的」由來。這座庭園是祭祀曾拯救了宙斯年幼女兒 Helenē 的雅典英雄人物 *Akadēmos*（阿卡德穆斯，英語：Akademos 又或 Academus）之神聖場所[27]，其墓也在園子裡。

說起 Platonic「柏拉圖（哲學）的」，經常讓人聯想到沒有男女之間肉體關係的「精神戀愛」Platonic love，但很少人知道這其實是後世基於誤解造成的詞彙。 在柏拉圖以對話錄形式流傳後世的作品中有一篇是《饗宴》，其希臘語 "*Sumposion*" 原是「眾人共飲」之意，所以亦稱《會飲篇》，這個眾人聚集飲酒、高談闊論的場合也成了日後 symposium「討論會、座談會」的由來。

《饗宴》的副標題為「什麼是愛」[28]，記錄了其師蘇格拉底、文學青年、喜劇作家、悲劇詩人、政治家和醫師等人，就 "Eros" 這個議題即興發表個人想法的內容。

文學青年首先引述神話和文學作品的內容，滔滔不絕地讚美愛神厄洛斯。下一位發言者則論述了兩種不同的 eros，「聖愛」與「俗愛」。聖愛是在人生智慧至臻成熟之後才會產生的精神之愛。這種愛是永生不渝的，且與異性無關，表現在同性（尤其是少年愛）之中，因此成熟男性庇護與愛惜青年的成長（所謂教育愛）在當時是種榮譽，因

---

**27** Helenē（海倫，英語：Helen）被雅典的老國王特修斯（Theseus）綁架，要等她長大後娶為妻。海倫的雙胞胎弟弟狄奧斯庫利（Dioscuri）準備攻城營救時，阿卡德穆斯告訴他們海倫的藏身地，讓雅典城免於被毀的命運。之後即使外敵入侵，阿卡德穆斯的園林始終受到眾神保護，成為哲人聚會之地，也吸引柏拉圖在此建立學院。

**28** 副標題是後人附加的。

為這種愛以培養青年的德智為終極目的。反觀耽溺於肉體愛欲的「俗愛」，會因肉體的青春之美消失而淡去。

在七嘴八舌的議論中，最後發言的蘇格拉底駁斥了各種主張，提出終極的愛是追求「美的 *idea*」，即「美的形式、形態」，也有人將 idea 解釋成「原形」、「本質」。

那麼「美的 *idea*」指的又是什麼？這裡假設讀者是位男性，愛著一個美若天仙的女性，但她的「外在美」會隨年齡色衰，搞不好在那之前還會遇見更美的，讓人忘記最初愛的那個曾是何等美麗。又好比你在郊外看見一朵漂亮的花，但難保其他地方沒有開得更美的花一樣。美不僅體現於視覺感受，也藏在看不見的地方，也許是內在美，也可能是那人的生活態度或行為之美，甚至是種「知識美」，就像數學家從「三角形內角總和為 180 度」的定理發現了「美」的存在，因其不論大或小、等邊或正三角形，怎麼測量都符合前述定理。

這種恆久不變的定律正符合《饗宴》裡蘇格拉底對「美的 *idea*」的定義，非個別之美，也不是經由個人審美觀斷定的結果，而是不管時間如何經過，在什麼場合遇到都不會變，能超越一切的絕對性本質，即「美本身」、「美的本質、原形」才是真正的愛。

而關於 Platonic love（柏拉圖的愛）一詞是何時出現的，可溯及 15 世紀文藝復興時期，一位住在翡冷翠（即佛羅倫斯）受到梅第奇家[29] 庇護的柏拉圖研究學者馬西利歐‧斐奇諾（Marsilio Ficino，1433 ─

---

29　15 ～ 18 世紀統治翡冷翠的義大利名門貴族。

1499）。他是第一個將柏拉圖著作翻成拉丁文出版的人，並在《論柏拉圖式的愛—柏拉圖《會飲》義疏[30]》中使用 *amor platōnicus* 一詞。

到了 17 世紀前半 *amor platōnicus*（柏拉圖的愛）又融入基督教對愛的理念 *agapē* [31]，被解釋成「無男女肉體關係的精神之愛」，這種 "純朋友關係" 的發想早已偏離《饗宴》裡對「美的 *idea*」的探討。

## ——犬的哲學——

蘇格拉底還有個弟子叫 *Antisthenēs*（安諦斯提尼斯，英語：Antisthenes，c.445–c.360 BC），是犬儒學派始祖。「犬儒」的稱呼來自希臘語的 *kunikos*，意思是 "像狗的"，之後變成 cynic，指「犬儒學派的門徒、玩世不恭者」。cynicism「犬儒主義」，是種無視時代流轉與社會通俗概念，不與世俗接觸，只站在遠處旁觀，對一切嗤之以鼻的 "獨善其身" 思想。所以 cynical 有「冷嘲的、挖苦的」和「憤世嫉俗的」意思。

安諦斯提尼斯有個弟子叫 *Diogenēs*（迪奧根尼，英語：Diogenes，c.400–c.325 BC），人稱「犬儒迪奧根尼」，因他住在路旁的木桶裡，過著像流浪狗一樣的生活。不過此人並非起因於對人生絕望或感覺空虛而流浪街頭，其行動是在思考哲學與實踐「從欲望中解放，對任何事都無動於衷」的人生理念。

---

**30** 中文書名取自梁中和李解合譯本，2012 年，上海：華東師範大學出版社。

**31** 雖然希臘語的 *agapē* 和 *erōs* 都能解釋成「愛」，但新約聖經，尤其在〈哥林多前書〉、〈約翰福音〉和〈約翰壹書‧貳書‧參書〉裡，用 *agapē* 來表達神、基督和信徒之間的愛。台灣讀者或能從根據〈哥林多前書〉創作的歌曲〈愛的真諦〉了解其理念。

凡事不為所動的迪奧根尼，在當時卻聲名遠播，連亞歷山大大帝（Alexander the Great，356–323 BC）都來拜訪他。時為西元前336年，亞歷山大問正在曬太陽的迪奧根尼可有何願望，對方竟淡然回他：「你站在那裡擋到陽光了，麻煩閃一邊去」。

## ──禁欲和快樂的哲學──

希臘哲學還有一門學派叫「斯多葛主義」，英語名稱 stoicism 出自始祖 *Zēnōn*（季諾，英語：Zeno，c.335–c.263 BC）對弟子講學的場所，是位在雅典城阿哥拉[32] 廣場北方的 "彩繪拱廊" Stoa Poikile。stoa 在希臘語是「拱廊、柱廊」的意思，但 stoic 出自斯多葛學派，可當名詞和形容詞使用，除了「斯多葛學派學者（的）」也有「禁慾者（的）」意思。

stoic 當形容詞使用時還可寫成 stoical，有「堅忍的」意思，指的是不論受到多麼大的痛苦都不會表現出來。這種解釋是到16世紀才有的，斯多葛學派原來主張的是，應避免理智判斷受到感情影響，順從理性，實踐倫理與道德，進而獲得內心的安寧。

但人生最大的目的在哲學家 *Epikūros*（伊比鳩魯，英語：Epicurus，341–270 BC）看來，是追求快樂，因為「快樂是至高的善」。所以伊比鳩魯派門徒 epicurean 還有另一種解釋是「享樂主義者」、「追求奢侈享受的」。

---

**32**　古希臘城邦公眾集聚並具有市集功能的廣場叫阿哥拉（agora），季諾講學的地方就位在古希臘最著名的阿哥拉廣場。現在 agora 這個英語單字仍保留「集會、廣場」的意思。

光看字面可能會誤解該學派是縱欲主義，其實伊比鳩魯對人類最害怕的死亡提出了「只要『我』還存在，就沒有死亡；當死亡存在的時候，就沒有『我』」的見解，消除對死亡的不安，並探究如何把這種短暫而無常的「快樂」最大化和長久化的哲學。他並提到不應選擇後續會換來持久且不斷增加痛苦和不安的快樂行為，因此肉體的歡愉在該學派來說被視為「惡」，應重視崇高的精神性快樂，而思考哲學正是至善的樂。

## ──嚴格的立法人德拉古──

西元前 7 世紀有個叫 *Drakōn*（德拉古，英語：Draco）的貴族，訂立了希臘第一個成文法。這個法律非常瑣細嚴謹，被後世稱為用血寫成的法律（laws written in blood）。從立法人的名字也產生了 draconic（＝draconian）一詞，是「（法律和判決層面）嚴苛的、殘酷的」之意，進而衍生出「德拉古主義、嚴懲主義」的 draconianism。

照理說這個制訂嚴酷法律的德拉古應該是個討厭，人人唯恐避之不及的傢伙，沒想到卻大受民眾愛戴。因為頒布明文法律之後，裁判者只能依法行事，再也無法下曖昧的判決，消除了貴族與有錢人犯罪得以從輕量刑的不公，實現法律之下人人平等的公正。

話說回來，德古拉若不是受到人民的信任與愛戴，又怎能在制訂如

此峻法（例如偷高麗菜會遭處死刑）的情況下不引發民怨。但也因為民眾過於熱忱，"悶"死了德古拉。相傳德古拉前往劇場看戲時，民眾依當時的習俗，用拋投外套和帽子的方式來表達他們對這位立法人的熱烈歡迎。結果太多衣物飛來，把德古拉的頭深埋其中而窒息身亡。

記述鄉談傳聞的野史雖然不足取信，但從這段軼事也衍生出 kill someone with (or by) kindness「愛之反而害之」的片語。

## ──陶片放逐制──

古希臘在西元前 8 世紀時從貴族中依序挑選執政者行「貴族政治」，英語叫 aristocracy，是從希臘語的「*aristos*（最好的）＋ *kratiā*（權力、統治）」而來，也有「貴族、特權階級」的意思。

然而貴族政治並不如理想中是"最好的統治"，其中也不乏想要獨攬大權的人，好比 *Peisistratos*（庇西特拉圖，英語：Pisistratus，c.600–c.527 BC）。因戰爭而搏得人氣的庇西特拉圖，使盡各種權術圖謀權力，有次他故意弄傷自己，謊稱遭政敵襲擊而得以設置個人的親衛隊，再借武力獨掌政權。他還召集市民帶武器到廣場來，在他演說的期間下令部屬沒收民眾的武器。

這種不通過世襲，用武力或不法手段取得君主王位者，在古希臘稱

為 *tyrannos* "僭主[33]"，從這個字演變成現在 tyrant 的「暴君」、「獨裁者」之意，tyranny 則為「暴政」、「獨裁者」和古希臘的「僭主政治」。為防止僭主的出現，古希臘人設置了經由投票強制放逐雅典公民的制度，由於投票方式是將對象人物的名字刻在陶器的碎片上，所以叫「陶片放逐制」，英文名稱 ostracism 是來自「陶片」的希臘語 *ostrakon*（英語叫 ostracon）。至於為什麼要用陶片，因為紙在當時是從埃及進口的貴重物品。根據史料記載，得票數最高且超過 6,000 票者將被放逐國外 10 年。

ostracize 原指按陶片放逐制流放，後來成了「流放」之意。例如 'She was declared a witch and ostracized by the villagers.' 是「她被指稱為女巫而遭村人驅逐出境」。ostracize 還有「排斥」之意，例如 'Tom's friends ostracized him after his father's arrest.' 是「自從父親被逮捕之後，湯姆的朋友也跟著排擠他」。

## ——民主政治與排外——

在不斷摸索像是陶片放逐等各種制度的好壞之後，雅典式民主政治終於在西元前 5 世紀得到真正的落實。democracy「民主主義、民主制度」便是來自希臘語的 *dēmokratiā*，由「*dēmos*（民眾）＋ *kratiā*（權力、統治）」組成。

雅典之所以從貴族政治走向民主政治，跟戰爭有很大的關係。參加戰役的平民為國爭取勝利之後，發言權力高漲進而取得參政權，但女性和奴隸被排除在外；至於住在國內的外國人，別說是參政權，連不動產也不得持有，突顯了希臘人對其他民族的排斥。

他們給外族取了一個輕蔑的稱呼叫 *barbaroi*，意思是 "聽不懂在講什麼的人"，但也有可能是因為外國人講話時聽起來就像嘴裡含顆滷蛋。總之，barbarian「野蠻人、未開化的人」是從這裡來的，barbarism 是「野蠻、未開化狀態」，動詞為 barbarize [34]。

古希臘人把陌生人叫 *xenos*，這個字成了英語字首 xeno-，表「外國的、陌生的」，所以 xenophobia 是「仇外」、「懼外」的意思。其中 -phobia 表「恐懼、憎惡」的字尾，反之 -phile 表「愛好⋯⋯的（人）」，因此 xenophile 是「喜歡外國人（或外國事物）者」。


## ──阿基米德的尤利卡！──

生於古希臘植民地西西里島西拉鳩斯市（Syracuse）的 *Archimēdēs*（阿基米德，英語：Archimedes，c.287–212 BC），不但是傑出的科學家，也是個數學家、物理學家、發明家和天文學家。關於他的一生，最為人熟知的大概是「真假皇冠」的故事。

---

**33** 這個字在最早期並不摻雜褒貶之義，單純指一個利用非傳統手段取得城邦獨斷統治權的人。
**34** 可為及物動詞（使野蠻）和不及物動詞（變野蠻）。

　　有天國王命令阿基米德調查金匠打造的皇冠是否為純金，沒有摻雜其他成分。為保持皇冠的完好性，阿基米德得想個鑑定真偽的好方法。

　　有天阿基米德入浴時注意到，把身體浸到澡盆裡水面會跟著上升的情形，想到皇冠如果是純金打造的，那麼皇冠水位上升的高度應該跟相同重量的純金是一樣的，於是興奮地跳出澡盆大喊 *"Heurēka!"*（尤利卡！），沒顧得穿衣服就光著屁股奔上大街。

　　*Heurēka* 是 "我知道了！"，之後英美人士也常在有所發現的情況下開心大喊 "Eureka!"，跟 I' ve found it!「找到了！」的意思是一樣的。Eureka 同時也是美國加州西北部一個小型港口城市的名稱。

　　日本一家出版社青土社所發行的月刊《Eureka [35]》，名稱也是來自於此。原來是詩篇、文學和思想等綜合藝術雜誌，最近改朝非主流文化（subculture，又叫次文化）和宅男路線發展。

　　日本偶像團體 NMB48 有首跟 eureka 有關的曲子[36]，歌詞寫到「發現了我們的 eureka，原來一直在身邊，第一次有這種感受」。可見古希臘語彙也存在於現代的日本。

---

**35**　ユリイカ。

**36**　「僕らのユリイカ」（秋元康作詞・高田曉作曲），歌詞：僕らのユリイカ／　見したんだ／ずっと近くにいたのに／初めての感情。。

# 古羅馬篇

# ──羅馬的創建者──

羅馬號稱「永恆之都」，傳說是由希臘神話英雄 *Aineiās*（埃涅阿斯，英語：Aeneas）的子孫 *Rōmulus* 所建。埃涅阿斯是愛與美的女神愛芙羅黛蒂和特洛伊英雄 *Ankhisēs*（安喀塞斯，英語：Anchises）所生的孩子，在特洛伊被攻陷時逃出來，經多難的旅程來到義大利半島，成了小國的國王。

隨時間流轉，埃涅阿斯的後裔裡具王室血統的雷亞・塞爾維亞（Rhea Silvia）長成漂亮的姑娘，從天而降的戰神 *Mārs*（馬斯，英語：Mars）初見就讓她懷孕，產下一對雙胞胎。雷亞的父親生氣地把這對雙胞胎放進小舟隨波逐流。小舟被流水拍到在岸邊的時候，有隻母狼發現了這對哭泣的小兄弟，便叼上岸餵食狼乳。這一對被母狼救起的兄弟就叫 *Rōmulus*（羅繆勒斯，英語：Romulus）和 *Remus*（雷穆斯，英語 Remus）。

長大後知道自己是王室子嗣的兩人，決定在小時候被叼上岸的地方建立新城，卻為了誰該成為國王經常相互較勁，最後在一場爭執中羅繆勒斯殺死了雷穆斯，坐上王位，並用自己的名字為新城命名，在拉丁語叫 *Rōma*，義大利語叫 *Roma*，法語和英語都寫成 Rome，即「羅馬」。這宗殺人事件發生在西元前 753 年 4 月 21 日。直到今天，羅馬市民仍把這一天當做建城紀念日，母狼也成了該城市的象徵，市裡七座山丘之中最高的卡比托利歐山（Capitoline Hill）上同名美術館展示

了母狼育嬰銅像（Capitoline Wolf）。

順便一提，卡比托利歐山的拉丁語舊名叫 *Capitōlinus*，美國國會大廈 Capitol 之名便是出自於此，而 Capitol 這個字本身也指古羅馬時代建在此山的朱比特（Jupiter）神殿。

## ──厄洛斯與丘比特──

從古羅馬人積極把希臘神話融入自己的神話故事之中，便可看出希臘文化對古羅馬的影響力有多強大，這也是為什麼羅馬神話裡縱使神的名字不同，卻有很多跟希臘神話故事是重複的。

例如羅馬神話裡從海中泡沫誕生的 *Venus*（維納斯，英語：Venus），對應到希臘神話時便是愛與美的女神愛芙羅黛蒂。文藝復興時期翡冷翠畫家桑德羅‧波提且利（Sandro Botticelli，1445–1510）的名作〈維納斯的誕生〉（The Birth of Venus，1485）裡，全裸的維納斯站在貝殼上，用雙手遮住重點部位。這是描寫維納斯從海裡誕生之後，被西風吹到賽普勒斯島[37]（Cyprus）的場景。

又，羅馬神話裡的丘比特，對應的是愛神厄洛斯，但是跟愛芙羅黛蒂這個經常被描繪成青年形象的兒子比起來，丘比特總是以拍動雙翼準備放箭的小胖子形象示人，就像波提且利另一大作〈春〉（Primavera，

---

**37** 也有學者認為是基西拉島（Kythira）。

1482）裡飛在維納斯上頭，拉弓瞄向一旁翩然起舞的三位女神的模樣。

## ──雙面神雅努斯──

羅馬神話裡當然也有不對應希臘神話的獨立神祇，雙面神的 Janus（雅努斯）便是其中之一。雅努斯有兩張臉各面向前後，一為回顧過去，一為展望未來，而「1 月」正是這樣一個月分，所以 January 是源自雅努斯之名。然而 January 被被擺在一年之初是西元前 153 年的事，這話怎麼說？故事有點複雜，待後續說明。

話說回來，雅努斯掌管所有事物的起始，被視為「門神」之外，也主紛爭的開端與結束，因此古羅馬軍隊和使節在出發前得穿過象徵雅努斯的儀式專用大門，這個門在戰時是開著的，和平的時候是關著的。

## ──少了 1 月和 2 月的年曆──

古羅馬最早的曆法是在西元前 8 世紀中期，由羅馬建城之父羅繆勒斯制定的「羅繆勒斯曆」。該曆法一年只有 10 個月，因它把天寒不適農作的 60 天（2 個月）給排除了。本來曆法就是為了明確什麼時候該播種和收耕的農作時期而訂，所以無法從事農作的寒冬（相當於現在

的 1 月和 2 月）很自然地被視為空白期間。

這麼一來，一年之初也就以現在的「3 月」March 為始，拉丁語寫成 *Mārtius*，是"戰神 Mars 之月"的意思。因為春天氣候良好，不但適合農耕，也是動員軍隊的好時期。更何況 Mars 是羅繆勒斯的父親，把 3 月視為一年之始也無可厚非。從這裡想必讀者也已經知道 March 是從戰神的 *Mārs* 而來。

把一年變成 12 個月的，是繼羅繆勒斯之後的國王努馬・龐庇留斯（Numa Pompilius）在西元前 8 世紀末制定的「努馬曆」。該曆法根據雙面神 Janus 之名把第 11 個月取名為 *Jānuārius*，第 12 個月則是奉獻給贖罪之神 Februus 的月分，叫 *Februārius*。*Februus* 是國王為彌補羅馬城過去犯的罪和慰勞戰死亡靈所舉行的祭典 *Februālia* 裡供奉的神祇。現在的「2 月」February 便是由此而來。

努馬曆沿用了將近 600 年，直到西元前 153 年行曆法改革之後，才把排在第 11 和第 12 的 *Jānuārius* 與 *Februārius* 移到年初，成為現在的 1 月跟 2 月。

## ── 9 月是第 7 個月 ──

承上一篇，努馬曆改革之後，本來排在第 11 的 *Jānuārius* 和第 12 的

*Februārius* 被提到最前面去，導致原先從 March 算起的月分各往後延了兩個順位，這種順位差距反應在現代 9 月～ 12 月的稱呼裡（4 月～ 6 月各以女神為名而無此問題）。

September「9 月」按改革前的算法是第 7 個月。稍微學過法語的可能已經眼尖地看出 sept 是數字的 "7"，源自拉丁語的 *septem*，所以 September 原來指的是 "第 7 個月"。October「10 月」從八腳章魚的 octopus 大概也能猜出是來自拉丁語的 "8" *octō*，指第 8 個月。依此類推，November「11 月」為第 9 個月（源自 *novem* "9"），December「12 月」為第 10 個月（源自 *decem* "10"）。

讀者可能聽過，*Julius Caesar*（尤利烏斯‧凱撒，史稱凱撒大帝，英語：Julius Caesar，100–44 BC）和羅馬帝國第一代皇帝 *Augustus*（奧古斯都，英語 Augustus，63 BC–AD 14），分別把以自己為名的 July 以及 August 穿插在 7 月和 8 月，才會造成 9 月～ 12 月跟實際名稱有兩個月差距的說法。這其實是誤解，因為早在凱撒和奧古斯都出生前就已存在這種偏差。

不過，July「7 月」和 August「8 月」確實是取自凱撒和奧古斯都的名字，請見下一篇說明。

# ── 7 月是凱撒大帝的名字 ──

凱撒在西元前 46 年制定新曆法「儒略曆」(Julian calendar)[38]，原則上把 1 年訂為 365 天且每 4 年 1 潤，並趁此機會把原本叫 *Quīntīlis* 的 7 月改為自己的名字 Julius，即現在 July 的由來。

凱撒的甥孫，同時也是羅馬帝國第一代皇帝的奧古斯都，在西元 8 年修改儒略曆，把原本叫 *Sextīlis* 的 8 月改為自己的名字 *Augustus*，即 August 的由來。那麼改名前的 7 月和 8 月又各是什麼意思？7 月 *Quīntīlis* 意指 "第 5 個月"，就像「五重奏」的 quintet 也來自拉丁語的 "第 5"。8 月 *Sextīlis* 是 "第 6 個月"，因為 *sex* 在拉丁語是 "6" 的意思。

在上一篇提到，9 月～ 12 月的名稱有兩個順位差距，但如果就改名前來看，7 月和 8 月也是如此。

關於奧古斯都修改曆法，有這麼個傳說是，修改前的儒略曆奇數月為 31 天的「大月」，偶數月除了 2 月是 29 天，其餘都是 30 天的「小月」，簡單又明瞭。但奧古斯都身為皇帝，對於冠己之名的 8 月少了大月 1 天，感覺有損威嚴，於是多加 1 天，把 8 月變成 31 天。這麼一來 1 年多出 1 天，又不能把凱撒舅公的 7 月給減少，就把 2 月再減 1 天變成 28 天。從此 2 月平年是 28 天，閏年為 29 天，而 7 月和 8 月連著都是 31 天。

---

**38** 這套曆法在 4 年 1 閏的計算下，存在著約莫每 128 天就會多 1 天的誤差， 1582 年西洋曆法改革後採用「格里曆」(Gregorian calendar)，即現在的陽曆。

　　日本人除了（可能台灣人也會使用的）"拳頭算法"——握拳數算手背骨節凹凸的方式來背誦大小月，從第一個凸起的骨節算起是 1 月（大），接著凹下的是 2 月（小），依次算到 7 月時再把最末一個凸起的骨節從 8 月倒著算回去，就能正確記憶，還有一套記憶小月的口訣是「面西的武士[39]」，麻煩的是得把最後一個「士」字拆成「十」和「一」的 11 月。搞得這麼複雜都得怪奧古斯都。

# ——執政官與元老院議員——

　　羅馬在西元前 6 世紀驅逐國王之後變成共和制，從貴族之中選舉出一位「執政官」，平時為政務執行長，戰時為最高軍令官負責指揮作戰。當時的執政官稱為 *cōnsul*，現代英語 consul 也有「領事」之意，例如「日本駐紐約領事」為 Japanese consul in New York，而領事館（consulate）裡職位最高的「總領事」為 consul general。

　　負責監督執政官，掌握國政實權的是「元老院」，由具有政務經驗的終身議員等長老組成。元老院 *Senātus* 和議員 *senātor* 的拉丁語稱呼成了現在美國「參議院」Senate 和「參議員」senator 的由來。

　　肩負國防重責的人民終於有了參政權，可推舉護民官代替人民否決元老院和執政官的決定。護民官由平民會選出之外，本身也負責召集平民會，但政治實權仍掌握在元老院手中，更在非常時期指名握有強

大權力的〝獨裁官〞*dictātor*，成了英語 dictator「獨裁者」的由來。

## ──光榮的奴隸──

跟希臘一樣，奴隸是古羅馬社會階級的最底層。聽到「奴隸」slave 的語源是「斯拉夫人」的 Slav 時，應該有人會大吃一驚。

Slav 原是〝光榮〞、〝輝煌民族〞的意思，但古羅馬時代多抓斯拉夫人來當奴隸，使得該民族和奴隸劃上等號，失去了斯拉夫的榮光。

古羅馬時代還有一群在貴族的庇護下為其效力的「隸屬平民」和「庇護民」，拉丁語叫 *cliēns*。這個字從「尋求有力者保護」又或「隨時聽命行事者」演變成「隨從」，到了現代卻成了「委託人」、「客戶」的 client。

庇護隸屬平民的貴族在拉丁語叫 *patrōnus*，是從〝父親〞的 *pater* 而來，就保護底下人的觀點而言也確實有父親的樣子。這個字成了「贊助者」patron 的由來，也有「庇護作家和畫家等，助其從事藝術創作活動之王室貴族」的意思。在日本，patron 則偏向用金錢援助愛人的「老主顧」。

---

# ──白衣候選人──

古羅馬人用來裹身的寬鬆長袍叫「托加」（toga），參選公職的候選人對群眾發表演說時會特別穿著白色的托加，以示自身的清廉和對民眾的忠誠。這身白淨的長袍被形容成 *candidus* "亮白色"，而穿著白色長袍者就叫 *candidātus*，成了現代英語 candidate「候選人」和「應試者」的由來。從 *candidus* 又衍生出 candid「公正的」、「坦率的」意思。

從 candidus 又衍生出 candid「公正的」、「坦率的」意思。跟 candle「蠟燭」來自相同語源 candēre，是 "發出白色光輝、閃耀" 的意思。話說「相簿、集郵簿」和收錄多首曲子的「CD、唱盤」album，原來也跟 "白色" 有關。在古羅馬，*albus* 指的是塗成白底用來撰寫官方公告或記錄的板子。

英格蘭的舊稱叫 Albion，是「白色之國」的意思。據傳凱撒遠眺位在多佛海峽（Strait of Dover）那端的不列顛島時，只見白色岩壁[40] 而得此稱呼。然而凱撒第一次進攻這座島的時間是在西元前 55 年，比那更早的 300 年前文獻裡就已經出現該詞，因此有學者認為可能是出自於凱爾特語。

# ──走路拜票的野心家──

古羅馬穿著白色托加的候選人（參見前一篇〈白衣候選人〉）為尋求民眾支持，經常到各地演說，在街頭巡迴拜票。當時沒有像現在一樣嚴格的公職選舉法限制，候選人也積極從事挨家挨戶走訪。這種 "走路拜票" 的行動在拉丁語叫 *ambitiō*，成了現在 ambition「雄心、抱負、野心」的由來，因為積極 "走路拜票" 被視為是 "野心" 的表現。

看到 ambition 的形容詞 ambitious 這個字，日本人第一個反應大概是札幌農業學校（現北海道大學）首任校長克拉克博士（William Smith Clark）和學生道別時的名言「少年們，要胸懷大志！」──Boys, be ambitious!。用野心來形容，對傾向低調的該民族來說，聽起來似乎有點傲慢，其實還有下文是 '…not for money or for selfish aggrandizement…'（不為錢也不為擴大私利），這才是克拉克博士真正想要表達的。


# ──凱撒大帝與帝王切開術──

說起古羅馬共和國（509–27 BC）的名將和政治家，最先想到的還是史稱凱撒大帝的尤利烏斯‧凱撒（Julius Caesar），到現在還有幾個跟 Caesar 有關的英語。

---

**40** 這片與法國加萊（Calais）隔海相望、構成英國東南部海岸線的白色懸崖又叫「多佛白崖」White Cliffs of Dover。

舉其中一例是 Caesarean section。section 有「區段、部門、分隊」也有「切下的部分（片、塊）」的意思，在這裡指「切開、切斷」，所以 Caesarean section 是「帝王切開術」，即「剖腹產」，又叫 caesarian operation。

之所以有此稱呼，比較常見的說法是，凱撒稱自己是剖腹生下來的。然而就當時的醫療技術來看，剖腹產造成母體死亡的機率幾乎是百分之百，而凱撒的母親 Aurelia Cotta 活到 54 歲，在當時算是很長壽。因此也有人認為帝王切開術的 caesarean 並非「凱撒的」，而是來自拉丁語 *caesus* "被初斷" 的意思。

## ──橫渡盧比孔河──

西元前 1 世紀中期，凱撒和克拉蘇（Crassus，c.115–53 BC）以及龐培（Pompey，106–48 BC）組成政治聯盟（史稱「前三頭同盟」，First Triumvirate）。克拉蘇是羅馬的大富豪，龐培除了掌握有絕大的軍事影響力，也娶凱撒的女兒茱莉亞（Julia）為妻，三人之間得以保持均衡且微妙的利害關係。

不斷推行新政的執政官凱撒，獲得人民高度信賴之後又任命自己為羅馬行省 *Gallia*（高盧，英語：Gual）的總督。高盧位在義大利半島西北和現在法國及其周邊地區。當時羅馬把義大利半島以外的領地稱為

*prōvincia*，成了現在法國南部 Provence（普羅旺斯）的稱呼。

英語的 province 有很多解釋，除了首都和大都市以外的「地方」、「鄉間」，也指宗教屬性的「教會管區」，或是像英國這樣把倫敦以外的地區總稱為 province。中國和加拿大的省分也用此稱呼，例如「福建省」Fujian Province，加拿大的「安大略省」the Province of Ontario。

西元前 58 年，凱撒率領小規模的精銳部隊破除敵方一波又一波的攻擊，於西元前 52 平定高盧全境，期間還渡海遠征 *Britannia*（不列顛尼亞，英語：Britannia，現英國大不列顛島南部[41]）。凱撒藉由戰功向世人展示了自己也有導領人民的政治才能，在羅馬聲名高漲。

但隨著克拉蘇戰死，嫁給龐培的女兒茉莉亞過世之後，情況大為改觀。龐培把擁有聲望與權勢的凱撒視為威脅，從而強化和元老院的關係，延長自己的執政官任期，好在凱撒總任期滿了之後仍能持續掌握大權。凱撒也向元老院提請延長總督任期，但遭拒絕。基於「執政官候選人限於住在羅馬者」的法律規定，身為高盧總督的凱撒就算回到羅馬也與公職無緣，失去政治實權。

更何況凱撒在出兵高盧期間增強軍力，未經元老院同意便擅自越過萊茵河與日耳曼人作戰、渡海遠征不列顛，且於總督任職期間累積巨大財富等種種情事，很難不讓羅馬起疑，任何一條追究起來都可能讓輕裝簡從回羅馬的凱撒背負死刑的罪名。

---

41　在 1 世紀中期到 5 世紀初曾是羅馬的行省。

在元老院決定解其高盧總督職權，召令回國之時，凱撒率軍向羅馬出發。在跨越流經高盧和羅馬邊界的河流——盧比孔河時，因羅馬禁止武裝軍隊橫渡此河否則將視為反叛，凱撒於是對士兵們高喊"The die is cast[42]."（骰子已被擲下了），示意「已經踏出第一步再無退路」、「不管發生什麼事都要戰到最後」的必死決心。

從這裡也衍生出 cross the Rubicon（渡過盧比孔河）的諺語，是「斷然採取有進無退的重大行動」、「破釜沈舟」的意思。

## ——克麗奧佩特拉的鼻子——

凱撒的軍隊進城之前，龐培已經協眾多元老院議員和貴族逃向希臘，羅馬很輕易地就落入凱撒手中。軍隊隨後追擊龐培，首次交鋒雖然吃了敗仗，但重拾士氣之後連打勝戰。

被逼到走頭無路的龐培只好轉向舊識——與他交好的埃及國王托勒密（Ptolemy）請求援助，經海路前往亞歷山大（Alexandria）。年輕的埃及國王托勒密 13 世和宰相怕被捲入羅馬內戰，便命令埃及士兵在船靠岸之後立刻把龐培殺了並將其首級獻給凱撒。

命運促使凱撒在此遇見托勒密 13 世的姐姐，即後來成為埃及豔后的克麗奧佩特拉（Cleopatra，69-30 BC），凱撒被她迷得神魂顛倒。

說起埃及豔后，讓人想到法國啟蒙思想家布萊斯·帕斯卡（Blaise Pascal，1623–1662）曾說過 "Cleopatra's nose, had it been shorter, the whole face of the world would have been changed." 意思是「如果克麗奧佩特拉的鼻子能低一點，那麼世界的樣貌就不會是現在的樣子」。這句話究竟是要說，把鼻子拉低會「變醜一點」，還是「變得更漂亮一點」，實在令人玩味。在日本，鼻子挺才是美人；在歐美卻不完全如此，甚至有人嫌自己鷹勾鼻或鼻頭尖而特意整形，把鼻子弄得低一點。

雖然很多歷史學家對帕斯卡的說法提出各種解釋，卻沒能歸納出一個結果，只能有個大概的方向把它定論為，「歷史是會隨鼻子高度這種不起眼的事產生極大變化的」。

還有一件令人在意的事是，這裡用 shorter「短一點」來表現鼻子的變化，而不像台灣或日本用「高低」來形容，這其實是法語 *plus court* "短一點" 的直譯。我在學生時代曾拜讀帕斯卡《思想錄》（Pensées）原著，第一次知道法國人用「長短」來形容鼻子時感到驚訝，而那好像還是昨天的事。話說回來，日本中央公論新社出版，由前田陽一和由木康合譯的《思想錄》，也沿用了「短一點[43]」的講法。

## ——尼祿、羅馬大火與小提琴——

凱撒最後成了終身獨裁官，集羅馬大權於一身，卻沒能成為「皇

---

[42] 一般解釋為「事已決定，不可更改」或「木已成舟」。此為拉丁語的英譯，據傳凱撒喊的是希臘語。此外，「骰子」die 的複數形為 dice。

[43] もっと短かったなら。

帝」。第一個羅馬帝國皇帝是他姐姐的孫子，也是他的養子奧古斯都。奧古斯都原名 *Octaviānus*（屋大維，英語：Octavius），後冠以拉丁語"令人肅然起敬者"之意的 *Augustus*（英語：Augustus），並把凱撒的 Caesar 變成「羅馬皇帝」的稱號。中世紀神聖羅馬帝國的「皇帝」Kaiser，以及帝政時期的俄國「沙皇」Czar 等稱呼，都是源自 *Caesar*。

在為數眾多的羅馬皇帝之中，最為人所知的大概是第 5 任的 *Nerō*（尼祿，英語：Nero，在位期間 54-68）。尼祿除了殺害自己的母親和妻子，刑處對他有微言的家臣之外，被稱為「暴君」的最大理由是，使用激烈手段鎮壓基督徒，因而被後來的基督教徒塑造成「極惡之人」的形象。跟尼祿有關的歷史事件是西元 64 年的羅馬大火，他把這場縱火案的兇手推給基督教徒並展開一場虐殺。有學者認為尼祿才是原兇，為了重建新都而親手策劃這場大火，燒毀老舊的市街。然而那天晚上，這位皇帝遠在離羅馬有 80 公里外的出生地 Antium（即現在的安濟奧，Anzio）的別墅，但也不排除命令家臣在自己外出期間放火燒城的可能性。

fiddle while Rome burns（在火燒羅馬的時候彈奏小彈琴）的片語便是出自這宗歷史懸案，意指「大難臨頭仍歌舞昇平」，傳說尼祿在羅馬浴火之時仍很有雅興地拉琴作樂。現在也可用 'While this country has its highest unemployment rate in decades, the President is on a long vacation; he's fiddling while Rome burns.'（這個國家正面臨數十年來最嚴重的失業率問題，總統卻休長假去，實在不知輕重緩急。）的例句來形容。

雖然這個片語裡用的是 fiddle「小提琴」，但在當時並沒這種樂器，因此有人認為尼祿彈奏的是 *lyrā*，古希臘的七弦豎琴（又叫里爾琴，英語：lyre）。

lyre 的形容詞是 lyric，有「抒情的」意思，所以 lyric poem 是「抒情詩」。lyric 也可當名詞使用，是「歌詞」的意思，喜歡音樂的人應該很常注意到 words by…或是 lyrics by…的「作詞者」標示。

## ──圓形競技場和劍鬥士──

羅馬大火之後，尼祿即刻下令建造金碧輝煌的金宮（Domus Aurea），在尼祿自殺身亡後，該宮殿庭園裡的人工池被改建成可容納 5 萬人的「圓形競技場」*Colossēum*，義大利稱 *Colosseo*，英語一般用 Colosseum 或 Coliseum [44] 來稱呼。此前羅馬已有幾個競技場，因觀眾增加而需要建設一個更大型的新設施，才會選在金宮的舊址上動土。

為了慶祝競技場的落成，在同一地點舉行了長達百日的各種大規模競技活動，有劍鬥士（gladiator）之間的對決，也有劍鬥士和猛獸的生死決鬥，甚至利用人工池本來的結構，灌滿水舉行海上模擬作戰等。

看過電影由羅素‧克洛主演，於 2,000 年上映的電影【神鬼戰士】（Gladiator）的人，可能對劍鬥士對決的場景有印象是，當勝利的一

---

44 用小寫的 coliseum 來表示時指「體育館、大劇場、競技場」。

方準備刺向對手結束這場決鬥時，若觀眾比出姆指朝下的動作就表示「殺了他」，姆指朝上則是讚許敗者「盡了全力」得以免除一死。

從這裡衍生出 thumbs down「否決」和 thumbs up「贊同」的英語表達。現在也用大姆指朝上表「OK」，朝下表「NO」，有時還會視情況報以噓聲 "Boo!"。

在商務場合也可用 'This project plan got the thumbs up.' 來表達「這個專案計劃得到認可」，或 'Our proposal got the thumbs down.' 意指「我們的提案遭到否決」。用動詞表示時，可用 turn thumbs up（或 turn up the thumb）表「承認、贊成」，turn thumbs down（或 turn down the thumb）表「拒絕、反對」。

話說回來，最近出現了完全相反的見解是，當觀眾姆指朝下時表「已經盡力了，饒他一命吧」，姆指朝上則是「殺了他」的大逆轉。果真如此的話，剛才提的用法是否也要跟著變？

## ──條條大路通羅馬──

羅馬帝國版圖在第 13 任皇帝 *Trājānus*（圖拉真，英語：Trajan）在位的西元 98 年到 117 年之間達到極盛，轄內全境的道路包括支線，總長 15 萬公里，可繞地球 3 又 3／4 圈！難怪人家說「條條大路通羅馬」。

不過 'All roads lead to Rome.' 原是拉丁語格言，是 17 世紀法國詩人尚‧德‧拉封丹（Jean de La Fontaine，1621–1695）在其著作《寓言》（Fables）裡用了這句話才使得「條條大路通羅馬」成為廣為人知的諺語。

從羅馬與歐洲各地相通的道路均朝羅馬的方向建設來看，all roads lead to Rome 也被比喻成「殊途同歸」，從而發展出「真理只有一個，不論走哪一條路都能夠抵達」的意思。換個觀點來說，也可解釋成「得到正確結論的方法不只一種，鍥而不捨地嘗試才是重要的」。

## ──哈德良長城──

〈橫渡盧比孔河〉篇裡提到凱撒在高盧戰爭期間曾渡海遠征 Britannia，該地在西元 43 年成為羅馬帝國「不列顛尼亞行省」（英語：Roman Britain）之後，受羅馬統治長達 350 年以上。

第 14 任羅馬皇帝 *Hadriānus*（哈德良，英語：Hadrian，在位期間 117–138）為防止住在不列顛島北方的皮克特人（Pict）入侵，於 122 年在島上築起一道長城，即 Hadrian's Wall「哈德良長城」，全長 120 公里，成為現在英格蘭與蘇格蘭的界線。雖然規模不比中國的萬里長城，但也能從外太空辨識其存在。

這位哈德良皇帝也在 2012 年改編自山崎麻里漫畫原著的電影【羅馬浴場】（Thermae Romae）裡出現，就是命令設計技師路西斯・慕德斯特（Lucius Modestus，由阿部寬飾演）建造浴場的皇帝（由市村正親飾演）。

羅馬人撤退之後，拉丁語對英語的影響並不如法語來得大，倒是留下了幾個以 -caster 和 -chester 結尾的地名，像是 Lancaster（蘭卡斯特）和 Winchester（溫徹斯特）等，是從拉丁語的 *castra* "野營地" 而來。

## ──金盆「洗手」等同「洗腳」──

耶穌基督被釘死在十字架的時間大約是西元 30 年，這也許是個史實，地點位在羅馬帝國行省之一的猶太（Judea），而最後判耶穌死刑的，是名叫彼拉多（Pontius Pilate）的猶太總督。

這段記述出現在新約聖經〈馬太福音〉裡，彼拉多在群眾面前審問耶穌，但怎麼也找不到足以判其死刑的罪狀，可是群眾不依，彼拉多於是問群眾：「那稱為基督的耶穌，我怎麼辦他呢？」，群眾說：「把他釘在十字架上」。彼拉多又問：「為什麼？他作了什麼惡事呢？」，這下群眾更激動了，極力喊著「把他釘在十字架！」。

彼拉多看情勢明白說再多也無濟於事，反要生亂，就命人拿水來，

在眾人面前洗手稱道 "I am not responsible for the death of this man! This is your doing!"（流這義人的血，罪不在我，你們承當吧[45]）。

從這裡衍生出 wash one's hands of（洗手不幹）的片語，是「不再管」的意思，例如 'He washed his hands of politics and became a professor.' 是「他已經退出政界變成教授」。不過，相同情形在日本不用金盆"洗手"而用"洗腳[46]"來形容。


## ——慢郎中的朗基努斯——

十字架上的耶穌被槍刺氣絕之後，由一位叫 *Longinus*（朗基努斯，英語：Longinus）的羅馬軍隊隊長用長槍在側腹補上一刺，確認死亡的事實。這把長槍成了「聖槍」Holy Lance，也叫 Lance of Longinus，至今仍是耶穌受難的象徵。

朗基努斯的名字經由古法語的 *longis* "行動遲緩" 變成現代英語的 lounge，沒錯，就是機場和飯店大廳等設置的「休息室」；當動詞使用時有「懶散地消磨時間」和「（懶洋洋地）倚靠、躺著」的意思，所以 lounge around 是「閒蕩、閒逛」，lounge in an armchair 是「靠在沙發椅上」。不過，知道 lounge 跟耶穌之死有關的美英紐澳人士應該也不多。

---

**45** 馬太福章第 27 章 24 節。
**46** 足を洗う。

話說回來，為什麼區區一個隊長之名會衍生出這層意思呢？那是因為架著耶穌的十字架底下，兵士們忙碌穿梭走動，只有朗基努斯慢條斯理地就地而席。朗基努斯後來改信基督教，原因是當他用槍刺進耶穌的身體時，血濺到他的眼裡，竟治好了快要讓他失明的白內障，認為是耶穌的聖血讓他回復了視力。

## ──啟示錄與世界末日──

舊約聖經是猶太教的經書，「約」這個字指「與神的契約」。但耶穌對猶太教有異議，其信徒也就跟著和神訂立新的契約，即新約聖經。

新約聖經主要描寫耶穌和弟子們的事蹟，唯最後一章〈啟示錄〉的內容明顯有異。以十二使徒之一的約翰受到啟示，用預言的方式描寫到基督再臨為止的過程，其內容充滿謎樣的幻想，各種天地異象襲捲人間，且有怪物和獸接二連三出現，破壞一切。其中一隻獸被認為暗指古羅馬暴君尼祿，因而有人認為〈啟示錄〉是抗議羅馬帝國迫害基督教徒的記述。

〈啟示錄〉中提到 Armageddon 這個字，出於希臘語、最早源自希伯來語的 *har měgiddōn*，是 "Megiddo（米吉多）山丘（← *har*）" 的意思。米吉多位在以色列耶路撒冷北方約 100 公里處，在古代曾是繁榮的都市國家，現已成遺跡。又因其位在非洲與亞洲的路線要衝，自

古多戰事。

〈啟示錄〉裡善與惡，亦即神與惡魔的最終決戰地點就在米吉多，因此 Armageddon 一般也指「最後的破壞性大決戰」，在現實世界也用 'The arms race can lead to Armageddon.' 等來形容「軍備競爭可能導致世界末日」。前述的 "世界末日" 譯文借用的是 1998 年布魯斯‧威利（Bruce Willis）主演的超級賣座電影【世界末日】，英文名稱就叫 "Armageddon"。電影內容主要描寫有顆小行星受到隕石引力影響，還有幾天就要衝撞地球，為了改變小行星的行進軌道，主角率一群人乘太空船登陸隕石進行核爆的故事。

-mageddon 不是個字尾，但偶爾也會被拿來造字，用以形容天大的事件或最糟的情況發生時，例如 flu-mageddon 是「大型流感」、snow-mageddon 是「超級大雪」或短時間大量堆積的「豪雪」。幾年前洛杉磯（Los Angeles）的兩條主要高速公路交匯處因整修引發大塞車，收音機主播用了 "car-megeddon" 這個字來形容而引發爭論。

又 2015 年市面上出了一本書叫《壞農業：廉價肉品背後的恐怖真相[47]》，原文書名也用了相關造字叫 "Farmageddon"。內容在喚起世人對當前食物系統問題的重視，指出工廠化的農業和畜牧業，不但使用大量的農藥和化肥破壞農地，家畜也被關在擁擠的空間裡藉由餵食抗生素和生長激素，滿足市場對肉品的大量需求。

那麼〈啟示錄〉的英語叫什麼？答案是 the Apocalypse[48]。

[47] 原書名 "Farmageddon: The True Cost of Cheap Meat" 中文版為 2015 年由如果出版社出版。
[48] 尤指拉丁語聖經末卷的 the Book of Revelation（←啟示錄的另一種說法）。

apocalypse 這個字源自希臘語的 *apokalupsis* "揭開……的蓋子、揭露"，除了宗教層面的「啟示、天啟」，也因其指示如同新約聖經末卷的大毀滅而有「世界末日」的意思。1979 年由弗朗西斯·福特·柯波拉（Francis Ford Coppola）執導的賣座電影【現代啟示錄】英語叫 "Apocalypse Now"，描寫深陷在越戰的泥沼中，即使無可奈何仍要繼續打這場悲慘戰爭的士兵們的生活。從拍攝的時代背景來看，可能也隱含了向世人公開越南實情的意味。

# ——基督教受到承認——

西元 313 年，羅馬皇帝 *Constantīnus I*（君士坦丁一世，通稱君士坦丁大帝 Constantine the Great，在位期間 306–337）頒布《米蘭詔書》（Edict of Milan）承認基督教合法的地位，准許在帝國轄境有信仰基督教的自由，也利用基督教的權威和體制來統治龐大的帝國。

一開始不少信徒反對把〈啟示錄〉放進新約聖經，經高級神職人員會議才正式做此決定。暗喻暴君尼祿是惡魔化身的獸，抗議帝國對基督徒迫害的〈啟示錄〉竟能獲得帝國公認，還真是種諷刺。

君士坦丁大帝在西元 330 年遷都拜占庭（Byzantium），並以自己的名字為新都命名叫君士坦丁堡（Constantinople），即現在土耳其的伊斯坦堡（Istanbul）。遷都拜占庭，導致日後東西羅馬帝國分治的命運。

西元 395 年 *Theodosius I*（狄奧多西一世，英語：Theodosius I，位在期間 379-395 年）去世後，羅馬帝國由他兩個兒子各以新都的拜占庭和舊都的羅馬分治兩邊，形成東羅馬帝國（拜占庭帝國）和西羅馬帝國兩立的局面。

## ──破壞者汪達爾人──

羅馬帝國分成東西兩邊之後，日耳曼民族便經常入侵西羅馬帝國的領地，其中汪達爾人（Vandal）在現在法國、西班牙和北非等廣大區域遷徙移動，於 429 年建立汪達爾王國。

455 年汪達爾人終是入侵羅馬城，不只公共物品和私有財，連藝術品和宗教寶物也遭到無情的破壞。所以英語的 vandal 當名詞是指「藝術品的破壞者」，當形容詞是「破壞藝術、文化的」、「野蠻的」，而 vandalism 除了「野蠻、破壞行為」，也指「故意毀壞藝術文化（公物）的行為」，舉例來說 vandalism of public buildings 是「破壞公共建築的行為」。vandalize 是動詞，同樣指「故意破壞藝術、文化、公共設施」。汪達爾人往北非遷移的途中曾在西班牙的安達魯西亞（Andalusia）暫時停留，相傳當地的舊名為 *Vandalusia*。

西羅馬帝國於西元 476 年在日耳曼人傭兵長官奧多亞塞（Odoacer）逼退王位下，結束了東西分裂之後不到百年的帝國榮光。最後一位西

羅馬帝國皇帝的名字叫羅繆勒斯・奧古斯都（Romulus Augustulus），與傳說中的羅馬建城者同名，是個耐人尋味的巧合。

雖然東羅馬帝國一直維持到西元 1453 年[49]，但始於西元前 753 年的古羅馬時代在西羅馬帝國滅亡之後就此結束，進入中世紀時代。

維持了 1200 年的古羅馬，用日本的年代來比喻的話，可從 21 世紀的現在溯回到平安時代，令人讚嘆其歷史的浩瀚。

---

49　鄂圖曼帝國（Ottoman Empire）在 1453 年消滅東羅馬帝國之後定都君士坦丁堡。

# 中世紀篇

# ──不列顛人和盎格魯撒克遜人──

「中世紀」的英語叫 Middle Ages，有時也用 the medieval period 來表達，指從日耳曼民族大規模遷徙和西羅馬帝國滅亡的 5 世紀，到西元 1453 年東羅馬帝國滅亡的歐洲歷史時期。這時基督教信仰（Christianity）滲透民間，整個歐洲處於由君王、領主和家臣所形成的主從關係為基礎的封建社會（feudal society）形態[50]，領主賜地給家臣的同時也對其課以軍事義務，令農民耕種土地也命其繳納年貢。

中世紀又有「黑暗時代」Dark Ages 之稱，除了戰火不斷，還有別名黑死病的鼠疫大流行。僵硬化的價值觀也束縛了人們的想像力和感性，限制自由奔放的文化發展。

住在「不列顛尼亞行省」（拉丁語：*Britannia*）的羅馬人因帝國衰敗而在 5 世紀撤出該地。不列顛島上講凱爾特語（Celtic）的原住民不列顛人（Briton），在羅馬人走了之後分成幾個小國彼此交戰，有的國王為了在群雄中取得優勢，找來長於軍事，屬日耳曼民族之一的盎格魯撒克遜人（Anglo-Saxon）助陣，反而引狼入室，遭其攻擊。

盎格魯撒克遜人打得不列顛人在島上四處逃竄，有的逃到西部邊境，乾脆冒險渡海來到歐洲大陸，落腳於現在法國西北部的布列塔尼（Brittany），源自拉丁語的 *Britannia*，後來又有 Little Britain「小不列顛」之稱，為的是與面積更大的 Great Britain──沒錯，就是大不列

顛島[51]——做區別。

現在英國正式名稱為 United Kingdom of Great Britain and Northern Ireland（大不列顛暨北愛爾蘭聯合王國），這裡的 Great 並非指「偉大的」，而是相對於前述小不列顛的稱呼。

侵襲不列顛島的盎格魯撒克遜人講的語言，可說是現代英語的始祖 Old English「古英語」，使用於 5 ～ 11 世紀。其他英語史的劃分包括 12 ～ 15 世紀的 Middle English「中古英語」、16 ～ 18 世紀的 Modern English「近代英語」，以及從那之後沿用至今的 Present-Day English「現代英語」。


# ——國王是血緣之子——

「國王」king 這個字源自古英語的 *cyning* "血緣之子"，其中 *cynn* 是 "血緣"，*-ing* 指從 "關連之物" 演變而來的 "～之子"。*cyning* 的縮短形 *cyng* 又從 "部族長子" 變成 "國王"。

現代英語的 kin「家族、親戚」，和另一個很像的單字 kind「親切的、和藹的」也跟 king 屬同源（*cynn*），也許是因為只要有血緣關係，誰都能待之以親切的態度吧。

---

50　中世紀也有「封建時代」the Era of Feudalism 之稱。
51　在未特別提及的情況下，本書「不列顛島」所指為大不列顛島。

king 是「一族之長」，反之 emperor「皇帝」是出於軍事用途，做為和其他民族或部族交戰時的稱呼，源自拉丁語 *imperātor* "命令者、司令官"的意思。在羅馬市民高呼 *"Imperātor! Imperātor!"* 迎接凱旋歸來的將軍之後，emperor 也成了授予立下重要戰功的將軍稱號，在中世紀尤指「羅馬皇帝」。

queen「女王」源自希臘語的 *gynē* "女性"，經古英語的 *cwēn* "女性、妻子"、中古英語的 *quene* "國王的妻子、女王"，變成現代的 queen。另一個同源的單字 quean 則為「妓女、無恥的女人」，但在蘇格蘭至今仍用來指「結婚前的少女」。許多跟女性有關的單字都以 gyne- 為首，例如 gynecology「婦科學」、gynecologist「婦科醫生」、gynecopathy 是「婦人病」，而 gynephobia 是「女人恐懼症」。

## ——亞瑟王與圓桌武士——

在不列顛傳說中，5 世紀末出了一位擊退盎格魯人（Angles，屬盎格魯撒克遜人部族）的英雄人物叫亞瑟王（King Arthur），關於他所持象徵不列顛島統治者的王者之劍（Excalibur）以及圓桌武士（Knights of the Round Table）等故事，仍為現代人津津樂道。但亞瑟王是否真有其人，在歷史學家之間一直是個爭議，跟亞瑟王有關的諸多事蹟也被視為是民間傳說和吟遊詩人創作。

圓桌武士是效忠於亞瑟王的精銳騎士團，因與國王共坐圓桌而得此名。圓桌上沒有上下位之分，人人平等，但有人數限制，新的圓桌騎士要等有空位之後才能加入團隊。

「騎士」knight 源自古英語的 *cniht* "少年"，後成了 "僕役"，到了封建時代為效力君主而被允許持有武器，在戰時騎馬聽從主君命令行事。

## ──騎士和沙朗牛排──

騎士是次於貴族的封號。到了近代，縱使沒有顯赫的家世與功勛，也能因個人豐功偉業受到英國國王冊封為騎士，享「爵士」尊稱（Sir）。

有趣的是，Sir 之後接的不是家族的姓（last name），而是名字（first name），例如前披頭四（Beatles）成員的保羅・麥卡尼（Paul McCartney）受封騎士之後，尊稱 Sir Paul，而非 Sir McCartney。

牛排之中肉質最好也最美味的沙朗，英語稱呼裡也有 sir 這個字，叫 sirloin，指的是牛上腰部位的肉。其語源來自法語的 *surlonge* "腰部上面"，*sur* 是 "在～之上" 的前置詞，*longe* 是 "腰、腰肉"，用英語表示就是 loin [52]。*surlonge* 寫成英語時誤把 *sur* 植為 sir，而成了現在的 sirloin。

---

52　是豬、牛等的腰肉，在解剖學上也指腰部。

關於 sirloin 的由來還有一則奇談是，相傳 16 世紀初英格蘭國王享利八世（Henry VIII）覺得牛的上腰肉實在太好吃，因而把這個部位的肉封為騎士，尊稱 Sir Loin。

## ──金馬刺──

spur 這個單字，名詞是「馬刺」，動詞是「鞭策」，但馬刺指的是什麼？答案是套在騎手馬靴後跟，用於踢打馬腹，策馬前進的金屬齒輪。

學過日語的人可能聽過「拍車をかける」，是經由刺激或施壓，促使事物快速發展的意思。「拍車」指的就是馬刺（spur），整句話也可簡單解釋成 "活化"，所以 spur economic development 是「刺激經濟發展[53]」，spur the lagging economy 是「為停滯的經濟注入活水[54]」。

在中世紀因戰功受封騎士者，會被同時授與鍍金的馬刺（gilt spur），使得金馬刺成為騎士的象徵，而 win (or earn) one's spurs（贏得某人的馬刺）就成了「第一次獲享殊榮，得到他人認同」的意思。但如果你覺得某人可能無法以棒球選手的身分出人頭地時，也可以用 'I doubt he'll ever win his spurs as a baseball player.' 來形容。

---

53  経済発展に拍車をかける。
54  停滞した経済に活を入れる。

# ──自由作家是把自由的長槍──

lance 是「長矛」，也指持長槍騎馬作戰的「長矛騎兵」。騎兵團裡也有不附屬任何一個國王或領主，看在高額酬勞的分上為雇主打仗的人，稱為 free lance（自由之槍），即 "傭兵[55]"。

現在 free lance（也作 freelance）普遍指自由業。以自由記者或自由攝影師來說，就是指非受僱於電視台、報社等媒體組織，獨立取材撰稿或攝影賺取收入的自由工作者。

很多人知道 freelance，卻少有人知道它曾是個持 "自由之槍" 戰鬥的中世紀自由騎士。


# ──盔甲、稅金和郵件──

相對於用來攻擊的長矛（lance），騎士也會穿盔甲防身。「盔甲」一般叫 armor，另有一種源自古法語 *maille* "網狀" 的鎧甲叫 mail，因此用金屬環串成的「鎖子甲」叫 chain mail，又叫 coat of mail。

鎖子甲的強度雖然不及金屬片綴成的鐵甲（plate mail），但重量輕、可彎曲的特性，適合長時間穿著，能保護身體不被刀劍砍傷，卻無法

---

55　這裡指的是「中世紀自由騎士」。一般受僱打仗的「傭兵」為 mercenary，也有「圖利的、貪財的」意思。

抵擋銳劍或長矛刺穿以及飛來弓箭的射擊，才會日後又發展出結合無縫金屬片和鎖鏈的主流盔甲。

mail 還有「稅金、年貢」的意思，源自古英語的 *mael* "契約"，後以「敲詐、勒索」的 blackmail 流傳至今，其緣由說明如下。

以前在蘇格蘭繳交稅賦原則以 silver「白銀」為主，又稱「白地租」（white mail），無法用白銀納稅的人就用農作物或黑牛等物品來取代，稱「黑地租」（black mail）。但是物品不像通貨一樣有明確的市場價值，領主和山賊便藉此向農民榨取昂貴的黑地租，成了後來的 blackmail「敲詐、勒索、脅迫」的意思。

當然 mail 也有「郵件」的意思，在中古英語原來指的是「旅行包」，17 世紀出現 a *mail* of letters（一袋信件）的用法，漸漸成了「郵件」的意思。

## ——騎士精神與傲慢——

Chevalier 指騎兵。「騎士精神」chivalry 是基於基督教精神，對君王和領主效忠，視勇氣、名譽、慈悲、 懷，以及親和有禮對待女性為品德，用以比對當時訴諸武力搶奪、無視仁義和侵犯婦女等的蠻橫行為。chivalry 的形容詞是 chivalrous，除了「有騎士風範的、英勇的、

俠義的」，更指對女性「有良好禮節的」。

　　跟 chevalier 很像的 cavalier，也指「騎士、騎兵」，另有「（對女性）殷勤的紳士、護花使者」之意；當形容詞使用時卻成了「傲慢的、目中無人的」。同一個字存在 180 度轉變，實在很不可思議，但如果探究語源則可了解其中的變化。

　　chivalry 跟 cavalier 最早可溯及拉丁語的 *caballus* "馬"，騎在馬背上用一種從上而下的視線看人時，就成了 cavalier「傲慢的」意思。至於為什麼發展出兩種拼法，是因為這匹 "馬" 到了法語成了 *cheval*，變成 chevalier 的由來；到了義大利語成了 *cavallo*，演變成現代的 cavalier。

## ──盎格魯撒克遜人與維京人──

　　到了 7 世紀，盎格魯撒克遜人把不列顛島上眾多的小部族統整成 7 個國家，史稱「七王國」Heptarchy。這個字源自希臘語「hepta "7" ＋ arkhia "統治"」，hepta- 後來成了字首表「7」，跟拉丁語的 septem 意思相同──沒錯，就是之前提到的〈9 月是第 7 個月〉。

　　就這樣，不列顛島成了盎格魯人（屬盎格魯撒克遜人部族）的土地而有了 Anglia（盎格利亞）的稱呼，是根據盎格魯人的發源地，即現在日德蘭半島南端屬德國北部的盎格恩半島（德語：*Angeln*）命名的。

在法語成了 *Angleterre*"英格蘭",也成了 England「英格蘭王國」名稱的由來。

除了盎格魯撒克遜人,維京人(Viking)也開始侵犯不列顛島,其中最激烈的莫過於現在丹麥人(Dane)的祖先,他們在 9 世紀末從島的東北方進入,相繼征服七王國。唯一持續反擊不肯屈服的是位在西南部威塞克斯(Wessex)的國王阿爾佛雷德(Alfred),他最後登上英格蘭王位,獲得大帝(Alfred the Great)的尊稱。

但是阿爾佛雷德並未能將丹麥人撤底趕出島內,丹麥人還把目標轉向英格蘭一旁的愛爾蘭,用激烈和殘忍的手段向當地農民徵稅。pay through the nose,不繳稅就施以"穿過鼻子"的刑罰,正是當時強行徵稅的殘酷寫照,成了現代「付出高於平常代價」的意思。

丹麥人持續定居不列顛島,最後征服了英格蘭。尤以克努特(Canute,在位期間 1017–1035)在 1016 年登基時年方 23 歲,建立起統治英格蘭、丹麥、挪威以及部分瑞典等廣大區域的北海帝國(North Sea Empire)。

## ──嚴峻考驗(ordeal)來自神明裁判──

ordeal 這個字是「嚴峻考驗、苦難、折磨」的意思,舉例 'She faced

her ordeal with courage.' 是「她以勇氣面對嚴厲的考驗」。但可能不是那麼多人知道，ordeal 原來指的是中世紀基督教社會審理嫌疑犯的「神裁法」。

神裁法的審理方式殘酷至極，有的會命令嫌疑犯徒手握住高溫的鐵棒，亦或赤腳行走在熱燙的鐵板上，也有的將其手浸入滾燙的沸水中，幾天之後再根據傷口癒合的情況來決定有罪（未好）還是無罪（已恢復）。另有叫嫌疑犯吞下經由神職人員淨化的乾麵包或起司，卡在喉嚨的話就是有罪的裁決方式。

其他還有像是綁住嫌疑犯的手腳，再把人丟到水裡，沈下去的話代表無罪。至於浮上來為什麼是有罪的，因為當時的人認為水是潔淨的，會排除不淨的東西。

神裁法的根本想法來自於，神是全知全能的，所有罪行都逃不過天眼，因此清白的人不論遭遇到什麼樣的考驗，都能在上帝的旨意下奇跡似獲救。這對受冤枉的人來說雖然是不近情理的審判方式，卻有抑制犯罪，促使一般人順從教義正當過生活的效果，也能讓真正犯罪的人為免除痛苦的裁決而乖乖認罪也說不定。

日本古代也有類似的裁決方式叫「盟神探湯」，跟中世紀歐洲一樣，把手浸到用鍋子燒沸的水中，沒有燙傷的代表清白，有罪之人才會紅腫起水泡。另有叫嫌疑犯把手伸進裝有毒蛇的壺裡，若沒被咬就代表這人是無辜的。

# ──愛偷窺的湯姆──

有個位在英格蘭中央地帶的城市叫考文垂（Coventry），西元 1040 年這裡發生了一件事，讓 peeping Tom「窺視者」一詞流傳至今。

當時的領主廖夫瑞克（Leofric）對農民課以重稅，導致民不聊生。看不過去的領主夫人戈黛娃（Godiva）要求丈夫減輕稅賦時，對方提出允諾的條件：「除非妳願意裸身騎馬繞市街一圈」。戈黛娃夫人於是跟城裡的居民約定好，在她騎馬遊街的時候人人要關閉家中的大門與窗戶，之後便按照丈夫說的騎馬上街。

但是裁縫店的湯姆（Tom）受不了誘惑，忍不住偷看戈黛娃夫人裸體遊街，落得賠上雙眼的代價。自此「因"性"趣偷窺的人」就叫 peeping Tom。

GODIVA [56] 同時也是著名的比利時巧克力品牌，據說創業者因感念戈黛娃夫人慈悲為懷的精神和勇氣而以之為名。下次有機會的話，不妨注意一下該品牌包裝上裸身騎在白馬上的長髮女子圖示。

日語的「窺視者」叫"出齒龜 [57]"，在明治末期有個叫池田龜太郎的種樹職人，因偷窺女性澡堂等變態行為遭到逮捕。龜太郎長得一口暴牙而有"出齒龜"的稱呼（出齒是暴牙的意思）。

# ──諾曼人征服英格蘭──

身為丹麥人的英格蘭國王克努特在西元 1035 年駕崩後，盎格魯撒克遜人重新拿回英格蘭王位，但丹麥人在不列顛島的活動並未就此停止。英格蘭國王哈洛德二世（Harold II，在位期間 1066）為尋求外力，跟諾曼人在法蘭西北方建立的諾曼第公國（Duchy of Normandy）結盟。

不料盟國的諾曼第公爵吉約姆二世（Guillaume II）竟然趁哈洛德二世與入侵北方的挪威人交戰之時，率軍從法蘭西渡海突襲不列顛島。急忙回師南下迎敵的哈洛德，最後被弓箭射穿眼睛戰死殺場。

就這樣，吉約姆二世在不列顛島以威廉一世[58]（William I，在位期間 1066–1087）的稱號即位，成為第一位諾曼英格蘭國王，通稱「征服者威廉」（William the Conqueror），其勝利在英國歷史上以「諾曼征服」（Norman Conquest）留名。

# ──成了英語的法語──

諾曼征服（Norman Conquest）對英語的發展也產生很大的影響。第一位諾曼英格蘭國王登基之後，諾曼人取代了盎格魯撒克遜人在貴族和神職人員的地位，富商與高級工藝匠師等也從歐洲大陸渡海而來。

---

**56** 由於比利時南部的共通語言是法語，GODIVA 的讀音偏「歌蒂梵」。

**57** 出齒龜（デバカメ）。

**58** 法語的 Guillaume 即英語的 William。吉約姆二世在 7 歲（1035 年）時即按父親遺囑即位諾曼第公爵，併同 1066 年就任諾曼英格蘭國王，直到 1087 年去世為止。

前朝貴族不是戰死、被處死，再不就是遭到放逐。以英格蘭宮廷為中心的上流社會成了說法語的天下（就跟帝政時期的俄國一樣），但一般平民講的還是盎格魯撒克遜人的英語，使得英格蘭成為"雙語"國家。英語也隨諾曼征服過渡到「中古英語」，直到印刷技術開始普及的 15 世紀左右。

中古英語裡，除了 king（國王）和 queen（皇后）等英格蘭原本就有的用詞，還加入了滲透到各種領域的法語。就爵位而言，有 duke（公爵）、marquis（侯爵）、count（伯爵）和 baron（男爵）。其他具代表性的有政治用語的 government（政府）、sovereign（君主、元首），宗教用語的 religion（宗教）、virtue（美德），法律性質的 judge（裁判）、punishment（刑罰），軍事層面的 army（軍隊）、soldier（士兵）、enemy（敵人），服飾方面則有 dress（洋裝）、jewel（寶石），以及擴展到文學藝術和建築領域的 painting（繪畫）、sculpture（雕刻）、literature（文學）、poet（詩人）、palace（宮殿）和 ceiling（天花板）等。

名詞之中最能辨別源自法語的是以 -tion 或 -sion 結尾的單字，如 recreation（消遣）和 decision（決定）等。動詞的話，在法語以 -ir 結尾的單字如 finir、punir 和 accomplir，對應到英語就是 finish（結束）、punish（懲罰）和 accomplish（實現）。

其中當然也不乏跟英語同義的法語，例如原本就有的 sin 這個字，在法語的 crime（犯罪）傳進來之後，變成限定指宗教或道德層面的「罪」。家畜方面，ox（牛）、sheep（羊）和 pig（豬）也各自多了

beef（牛肉）、mutton（羊肉）和 pork（豬肉）的詞彙——從這裡不難看出從法語的詞彙成了該動物的肉類名稱。

再舉一例是，動詞 ask（請求准許、要求）這個字在法語的 *demander* 傳入之後，多了個同義字 demand，但後者在意識表態方面有「不管有沒有就是要」的強勢意味。

seek（尋找）的同義字 search 也來自法語，但用法不同。seek 所尋求的對象偏向無形，比如成功、真理、和平與時機等；反之 search 是尋找遺失物品和線索等資訊。

「斧頭」也有兩種說法，一是原本的 axe（美式英語寫成 ax），在法語傳來之後又多了 hatchet 指「短柄小斧」。有趣的是，在兩者後面接上 -man 之後，意思完全不同。axeman（美式：axman）是「使用斧頭的人、樵夫」，口語也指「吉他手」。hatchet man 則有受僱從事爭議行為之人的含意，比如解僱員工者，意為「打手、走狗」，也指「受僱撰文詆毀他人的記者」。

## ——英語和法語的結合——

另一種有趣的現象是英法語並列的用法，在法律方面尤其常見，例如「所有地」寫成 lands and tenements。land 是英語，tenement 是法語，

兩者都指「土地」。類似的還有 law and order「法律與秩序」、ways and means「方法和手段」等。這是因為王室頒布的命令和律法要能讓講法語的上流社會（諾曼人），以及用英語溝通的平民都看得懂。

到此為止，讀者應該能從諾曼征服對英語的影響，了解到英語何以能成為詞彙豐富的語言了吧。換個觀點來看，英語何止豐富，簡直是複雜！舉例來說，現代英語的「室內樂」為什麼不沿用原來就有的 room（房間），稱為 room music，反要取用法語的 *chambre* "房間" 叫 chamber music。這其實反映出一個事實是，法語由來的英語多用在高貴優雅的事物。

這種現象當然跟「相對於庶民通用的英語，法語是當時王公貴族慣用的語言」有關。即便是現代，有教養的英美人士，在口頭和文字表達時仍然重視這層微妙的差異，英語果然不簡單。

## ──「取消」跟「格子」
## 有密不可分的關係──

諾曼征服之後，裁判記錄和公文撰述裡除了拉丁語又加註法語。由於紙在當時是貴重物品，就算寫錯也不能揉掉重來，只好用劃線的方式來示意取消。但是只畫兩條橫線還不夠，還得再加兩條縱線，看起

來就好像用左右拉長的「井」字把錯誤的地方框起來一樣。

由於井字標示看起來像"格子"，就用拉丁語的 *cancelli* 來稱呼，成了現代英語 cancel「取消」的由來。cancel 當動詞使用時還有「中止」、「勾銷」以及郵票「蓋銷」的意思，現在有些國家的郵戳仍沿用橫豎兩劃的井字記號。

## ──宵禁是熄火的時間──

威廉一世在征服英格蘭之後，第一件事是設定夜間禁止外出的門禁，晚上 8 點教堂鐘響之後，所有門戶都要完全熄燈，也就是"蓋蓋子熄火（cover fire）"，在法語叫 *cuevrefeu*，即英語 curfew「宵禁、戒嚴」的由來。

當時的房子幾乎都是木造，屋頂也用茅草搭建而成，一旦發生火災可能釀成全城燒毀的災難。另一方面也是擔心仇視諾曼人的前朝遺民放火引發騷動，趁機顛覆威廉一世的政權。

即便到了現代，當一國政府存在被推翻的危機，或是遭外敵侵略的非常時期，都會實施戒嚴（martial law），通常伴隨宵禁的命令。例如韓國到 1987 年為止才全面解除夜間通行禁令。

curfew 也可以小到以家庭為單位，當家長擔心孩子在外安全而規定回家的時間即「門禁」。很常聽到女兒外出前家長不忘提醒 "Get back before your curfew."（要在門禁時間前回來），但即使在英語系國家，可能也沒幾個人知道 "門禁" 出自威廉征服者時代的法語。

## ──土地調查是末日審判──

威廉一世還有個很重要的作為是清查土地並編訂成冊，就像日本豐臣秀吉的「太閣檢地」，徹查與記錄土地持有人、持有面積和領地的時價、個人財產，甚至是家畜的個數與種類等。威廉一世的土地調查清冊 "Doomsday Book" 是人類史上第一個大規模土地調查記錄，有助於國家稅收的穩定。又，Doomsday Book 原來也作 Domesday Book，因為 dome 有「家」的意思。

doom 是「劫數、厄運」的意思，doomsday 在基督教來說是「最後的審判日」，意指世界末日那天基督再臨，帶來審判，所有死者都會復活，行善的將獲得天國永遠的生命，作惡者則會被打入地獄。誠如米開朗基羅（Michelangelo，1475–1564）在梵蒂岡西斯汀禮拜堂（Sistine Chapel）裡繪製的大型壁畫〈最後的審判〉（The Last Judgment），左右兩側各是經由神的審判之後上天堂和下地獄的眾生相。

中文根據「最後的審判日」又譯為《末日審判書》，因為 Doomsday

Book 背後是人人都要經歷的土地財產嚴密清查，就像基督再臨的審判一樣，公正而無人可免。

把時間拉回現代，讀者是否聽過 doomsday clock（末日之鐘）一詞？這是由美國科學雜誌《原子科學家公報》（Bulletin of the Atomic Scientists）根據當前全球情勢，判斷人類因為核武或環境破壞等因素導致滅亡的倒數時間（以午夜零時為滅亡準點，向前倒推）。例如朝鮮戰爭期間的 1953 年，美俄兩國相競測試氫彈，距離人類滅亡的倒數時間被撥近只剩 2 分鐘。蘇聯解體之後，東西冷戰時代結束，末日之鐘被撥到零點前的 17 分鐘。2011 年東日本大震災，福島第一核電廠事故又讓分針被撥回到剩 5 分鐘。2015 年 1 月為反映各國對全球氣候變遷和核武軍備競爭的應對不足，該機構將時間調快 2 分鐘，距離人類滅亡只剩下 3 分鐘。

───── 淫魔 ─────

「惡夢」的英語叫 nightmare。mare 在古英語有 "惡魔" 的意思，會坐在人的胸前讓人做惡夢。該惡魔又有男女之分，各叫 incubus 和 succubus，在日語則統一叫「夢魔[59]」。

這對惡魔的名字源自拉丁語，incubus 是 incubare "躺在上面"，succubus 是 succubare "睡在下面"，真是一對名副其實的淫妖。

---

59　夢魔（むま）。

　　中世紀的人相信，incubus 是專襲睡夢中的女子，把精液注入對方體內使其懷孕的男淫妖。女性若在睡夢中流得滿身大汗，又或無法從睡眠中很快清醒，通常會認為自己被男淫妖侵襲了。

　　反之，女淫妖 succubus 襲擊的對象是男性，會吸取睡夢中男子的精液。有些地方流傳的驅魔方式很簡單，只要在枕頭旁邊放一瓶牛奶，就能讓女淫妖誤以為是精液而直接把牛奶帶走。

　　基督教最高神職人員甚至對「incubus 能否讓女性懷孕」進行議論，把當時未婚產下私生兒的年輕女性行徑，斷定是男淫妖作惡的結果。在世風保守的中世紀，男淫妖還真是未婚生子的好藉口。

　　現代英語裡仍可見 incubus 的足跡，像是動詞的 incubate「孵卵、孵化、保育早產兒」，名詞為 incubation，除了「孵卵」也指醫學上的「潛伏期」，又叫 incubation period。例如德國麻疹從感染到發病通常為期 2 週，而俗稱「豬頭皮」的腮腺炎潛伏期可能長達 2 ～ 3 週。

　　incubator 是「孵卵器、細菌培養器」和「早產兒保育器」。最近 incubation 這個字也開始用在商業界，指的是對於想要開創新事業的企業或個人提供資金、專業知識（know-how）和人才，助其發展的支援活動。而提供相關援助的企業、地方政府和大學等就扮演了 incubator（育成）的角色。

# ──無知的美好（nice）──

接下來要介紹的是幾乎人人朗朗上口的英語單字──nice，形容「好的、美好的、宜人的」，也可用來讚美人行事「精確」、「出色」。

可能有人會對於在〈中世紀篇〉介紹這個現代人三不五時就會來句"nice!"的單字感到奇怪。其實這個字在 12 世紀剛開始當英語使用的時候，意思跟現在完全相反。

nice 最早源自拉丁語的 *nescius* "無知的、不學無術的"，經法語變成英語的初期仍保留「愚蠢的」意思，漸漸地發展出冷血的、淫蕩的[60]、任性的等微妙意思變化，而到了 15 世紀末已經演變成「不可思議的、纖細的」、「極好的」、「正確的」等含意，進而在 18 世紀發展成現在的意思。

不過近年也因為頻繁使用的關係，又衍生出反諷的用法指「不好的、糟糕的」，例如 nice mess 是「一團糟」。

相同情況在日語也有跡可循。「やばい」（yabai）原本用來形容"危險的、不妥的"，現在也有"很棒的"意思，尤其年輕女性嚐到美食或是前方有帥哥出現的時候，經常會發出"yaba─i"的尖叫。本人前陣子還聽到一位很有涵養的紳士用敬語說「那可不好[61]」（笑）。

---

**60** nice 的語意變化，在 14 到 15 紀時仍以「愚蠢的」為主，於 15 世紀發展成評判女性行為的形容，包括本人對愚蠢的舉止感到害羞→變得含蓄→轉成冷淡而讓人有「冷血的」感覺；在此同時也發展出把愚蠢的行為看成淫亂的觀點，而有了「淫蕩的」意思。再從前述看似「冷血」實則過於內斂的性格變化成過分挑剔講究，而有了「任性的」意思。15 世紀末又將講究細節轉成正向的「纖細的」等含意。

**61** それはやぼうございます。※非正式用法。

　　話題拉回英語，wild 和 awesome 也是含意起變化的單字。wild 原是「野生的、粗暴的」，現在口頭也用來形容「極好的、愉快的」，例如 'That idea's really wild. I love it!'（那個想法太棒了，我喜歡！）。awesome 也從原本「令人敬畏的、可怕的」，多了「最棒的、令人驚嘆的、美好的」意思，例如 'That old sports car is awesome!' 是「那台舊式跑車真厲害！」。

# ——十字軍與暗殺者——

　　穆罕默德（Muhammad 也寫作 Mohammed，c.570-632）創伊斯蘭教（Islam）的時間約莫在 7 世紀前半，很快就席捲阿拉伯半島一帶。穆罕默德死後，伊斯蘭教分成兩派，一是主張繼承者應由穆罕默德的子孫世襲的什葉派（Shia），另一是發展成現代伊斯蘭第一大教派的遜尼派（Sunni）。相對於什葉派，遜尼派就如其名稱由來——Sunna「伊斯蘭教傳統教規」，有"慣例、傳統"的意思——力求在生活中落實穆罕默德生前的訓示與作為，而不那麼在意世襲制度。

　　伊斯蘭教傳到地中海沿岸之後，不免與西歐世界產生摩擦。受到伊斯蘭勢力威脅的拜占庭帝國皇帝於是向羅馬教皇請求援助，而有了 1096 年的第一次十字軍（Crusade）東征。之後的 200 年，西歐諸侯與騎士們以奪回聖地的名義，行侵略之實，先後展開超過 7 次的遠征。據說十字軍戰士（crusader）的行為極為殘暴，除了伊斯蘭士兵，連無

辜的百姓，就算是老弱婦孺也被殺害。

crusade 小寫的時候也指「（為某種目的發起的）運動」，例如 temperance crusade「禁酒運動」、crusade against crime「撲滅犯罪運動」以及 crusade for women' s rights「擁護女權運動」。

在十字軍東征的同一期間，中東出現了另一支伊斯蘭教派 Assassin（阿薩辛），名稱來自阿拉伯語 *ḥašīšī*，是 hashish-eater "吸食大麻者" 的意思。該教派擅長組織暗殺集團，殺害其他伊斯蘭教和基督教十字軍的重要人物，因而成為現代 assassin「刺客、暗殺者」的由來。

assassin 和動詞的 assassinate「暗殺、對……行刺」，以及名詞的 assassination「暗殺、行刺」，指的都是跟組織和個人思想有關的「殺害」行為，和 killer、kill 以及 killing 有語意上的不同。

## ──廣大的金雀花王朝──

威廉一世征服英格蘭之後，仍以諾曼第公國領主的身分臣服於法蘭西國王，因此這位英格蘭國王的據點仍在法蘭西所屬的諾曼第。

但 1154 年即位的英格蘭國王亨利二世（Henry II，在位期間 1154–1189）名下，除了不列顛島和愛爾蘭東部，在歐洲大陸的祖業也擴

張到北從法蘭西的諾曼第與布列塔尼,南至庇里牛斯山,加起來比法蘭西國王的領地還要大上許多,開創了金雀花王朝(Plantagenet Dynasty)。由於享利二世為出自法蘭西安茹(Anjou)的貴族,因此金雀花王朝統治的廣大領域又稱安茹帝國(Angevin Empire)。

但是金雀花王朝傳到第三代時出了一位"失地王"約翰(John,在位期間 1199-1216)。他因為與法蘭西國王腓力二世(Phillip II,一般稱 Philip Augustus)開戰而失去在法蘭西的大部分領地,成了名副其實的失地王 John the Lackland。約翰王的失敗還不只於此,在任命英格蘭大主教一事,與羅馬教皇英諾森三世(Pope Innocent III)對立而遭破門(被逐出教會),再加上失去法蘭西廣大的領地等同少了一大筆稅收,使國家陷入財政危機。

為奪回領地,約翰不但加重貴族與諸候的稅賦,還對他們課以兵役,造成貴族諸候團結起來抗拒從軍,放棄對國王的忠誠,並逼迫約翰在 1215 年簽下以拉丁語撰述,保護貴族和市民權利的同時,也限制國王權利的《大憲章》(Great Charter,又名 Magna Carta),成為現代英國憲法的原型。

## ——國會是用來議論的地方——

下一個繼位的國王享利三世(Henry III,在位期間 1216-1272)不把

《大憲章》當一回事，引起西門・德孟福爾（Simon de Montfort）在1258 年率眾多貴族群起反叛，經內戰之後終於在 1265 年實現由神職人員、貴族和市民代表共同參與的國政議論，成為英國國會（Parliament）的發端。

parliament「議會、國會」源自古法語的 *parlement* "說話" 和中世紀拉丁語的 *parlāmentum* "談論的場所"。

1295 年愛德華一世（Edward I，在位期間 1272–1307）為募集遠征蘇格蘭的軍費而召開的議會被稱為「模範國會」（Model Parliament），因其出席者除了神職人員和貴族，還有每郡選派的兩名從騎士的軍事性質轉成地方地主的仕紳階級（gentry [62]），以及各城市選派的兩名市民等共同參與。

「國會、議會」的說法，除了英國和加拿大的 Parliament，美國國會的「聯邦議會」稱 Congress，日本和丹麥則用 Diet 這個字。Congress源自拉丁語「*con* "共同" ＋ *gradī* "走路"」，18 世紀的美洲大陸為了對抗殖民國的英格蘭政府，設置了名為 Continental Congress 的「大陸會議」，藉以諷刺本國國會 Parliament 根本不是個用來 "議論的場所"。

日本「國會」的 Diet 源自中世拉丁語的 *diēta*，從 "一日的旅程、一日的工作" 變成 "要花一天的會議"，進而發展成「公共會議」、「議會、國會」的意思。明治時代日本仿效德意志帝國，導入其政治制度，名為 Reichstag 的「德意志帝國議會」用英語白話來說就是 Imperial

---

**62** 被認為是「紳士」gentleman 的由來。

Diet，因此日本國會的英譯也用 Diet 這個字。

「節食」和「食療（適合某種疾病的特種飲食）」也叫 diet，源自古希臘語的 *diaita* "一種生活方式、按醫師指示的生活方式"，進而成了「飲食攝取限制」的意思。古希臘名醫希波克拉底（Hippocrates）曾留下該字的使用記錄。

在下根據 Diet（國會）和 diet（節食）的語源做了各種文獻比較，可惜沒有太大的收穫，多數載明兩者沒有關係。

## ──羅賓漢的小屋──

說起中世紀英格蘭傳說的英雄人物，一定不能忘了住在雪伍德森林（Sherwood Forest）的名弓箭手羅賓漢（Robin Hood）。羅賓漢是劫富濟貧的英雄好漢，專門襲劫貪婪作惡的貴族和僧侶的財物，分給窮人。在政府眼中他是渺視公權力的亡命之徒（outlaw），但此人是否真實存在仍未獲得證實，很可能是吟遊詩人把幾個英雄人物事蹟湊在一起，塑造出羅賓漢的形象。

羅賓漢的幾位戰友裡，最有名的是擅長使棍棒的小約翰（Little John），一個從名字難以想像的高個頭怪力男。兩人最初在圓木橋上相遇的時候互不相讓，因而打起架來，最後羅賓漢打贏了，邀請小約

翰加入，聽起來就很像日本平安時代的源義經與弁慶相遇的故事。

　　羅賓漢一群人的居所位在廣大的雪伍德森林深處，想報被劫財之仇的貴族僧侶們為了將其一網打盡，在林子裡繞來繞去，都遍尋不著其藏身處，從而衍生出 around Robin Hood's barn（羅賓漢小屋四周）的英語表達，意指「位在林中深處」。而且這群對森林瞭若指掌的俠盜神出鬼沒，取徑各種小路，進出完全不留痕跡，所以又有 go around Robin Hood's barn 的說法，除了「繞道迂迴而行」也有「繞圈子說話」、「把簡單的事複雜化」的意思。


## ——威爾斯親王的懷柔政策——

　　前述召集「模範國會」的愛德華一世，是 1066 年諾曼征服以來，第一個會講英語的英格蘭國王，同一時期的貴族們也不時興用法語溝通了。

　　愛德華一世把視野從法蘭西移向不列顛島內部。眼看英格蘭西有威爾斯（Wales）、北有蘇格蘭（Scotland），愛德華一世想占領兩國，統一大不列顛以強化國力。他對威爾斯採取了巧妙的懷柔政策，把即將臨盆的王妃送往威爾斯的宮殿，在那裡產下皇子（即後來的愛德華二世）之後，授與威爾斯親王（Prince of Wales）的稱號。「王子」prince 的稱號，源自羅馬帝政時期的拉丁語 *princeps*，指 "政治中心人

物"，後成為"指導者、第一人"的意思。

愛德華一世認為，此舉可讓強烈傾向獨立的威爾斯人服從在當地出生、由威爾斯人奶媽帶大的威爾斯領導者，Prince of Wales。自此「威爾斯親王」成了英格蘭國王長子，即第一王位繼承人的封號。

愛德華一世朝統一大不列顛的夢想邁進，卻在蘇格蘭遭到當地軍事領導者威廉・華勒斯（William Wallace，1270-1305）的激烈抵抗。華勒斯遭英格蘭軍隊逮捕被處決之後，蘇格蘭貴族羅伯特・布魯斯（Robert the Bruce）起而領導第一次蘇格蘭獨立戰爭，在 1306 年以羅伯特一世（Robert I，在位期間 1306-1329）的封號即位蘇格蘭王位。他在愛德華一世過世之後，面對愛德華二世的猛烈攻擊仍誓死反擊，維護蘇格蘭獨立主權直到 17 世紀末。

順便一提，1995 年由梅爾・吉勃遜（Mel Gibson）執導與主演的電影【英雄本色】（Braveheart），便是以威廉・華勒斯這位蘇格蘭英雄為主角。


## ──百年戰爭與嘉德騎士團──

現在法國北部、比利時西部以及荷蘭南部一帶，在中世紀稱法蘭德斯（Flanders），盛行毛紡織業。英格蘭以賣羊毛到法蘭德斯賺取利益，

但法蘭西想直接掌管這塊地，造成兩國對立關係日益加深。愛德華二世之子，愛德華三世（Edward III，在位期間 1327–1377）以自己的母親是法蘭西王室出身為由，主張法蘭西王位繼承權，在 1339 年入侵法蘭西北部，挑起「百年戰爭[63]」the Hundred Years War。名義上雖是"百年"卻持續了 110 年以上，直到 1453 年才結束。

英格蘭國王愛德華三世仿「亞瑟王與圓桌武士」的故事，以 24 名騎士編制成「嘉德騎士團」Knights of the Garter，利用長箭和投石機取得戰力優勢。

嘉德騎士團的 garter 還有「吊襪帶」的意思，為什麼會取這麼個名字？有這麼一則傳說。愛德華三世和索爾茲伯里伯爵夫人（Countess of Salisbury，結過 3 次婚）在舞會上共舞時，伯爵夫人吊帶襪的扣子掉了，這在當時是非常失態的事，但國王對眾人說 "Shame upon who so thinks ill of this!"（若有人對此心懷邪念，該當蒙羞！），替伯爵夫人解圍，並把扣子拾起夾在自己的腿上。日後國王據此把騎士團取名為 Garther，誕生了英國最高騎士勳章的「嘉德勳章」Order of the Garter。

前述伯爵夫人的最後一任丈夫是愛德華三世的兒子，有黑太子之稱的 Edward the Black Prince（1330–1376），因為他總是穿著黑色盔甲。黑太子有指揮作戰的才能，優秀的軍事能力讓他不斷累積戰功，卻在遠征西班牙時染病而比父親早逝，無緣繼承王位。

---

**63** 按慣例是西元 1337 年到 1453 年期間。

在英格蘭的猛攻之下眼看就要崩壞的法蘭西王國，突然出現一位聽見神喻「拯救法蘭西」的農家少女，身穿銀色盔甲，騎馬率領數千士兵從中部的奧爾良（Orléans）打到東北的蘭斯（Reims），讓查理七世（Charles VII）得已戴冠成為法蘭西國王。這位農家少女就是「聖女貞德」St. Joan of Arc。

貞德因此受封貴族，但後來被敵人俘虜，在英格蘭軍領地的法蘭西北部盧昂（Rouen）遭天主教異端審判（Inquisition），在火刑柱上結束一生。

## ——黑死病與檢疫——

中世紀被指為黑暗時代的原因在於數度爆發鼠疫（plague）。當時歐洲三分之一的人口，甚至可能有一半左右死於這場瘟疫，就連始於 1337 年的百年戰爭也常為此休戰。

導致這種傳染病發生的鼠疫桿菌就跟其他細菌一樣，存在自然界裡，最常寄生在跳蚤類的消化器官。在跳蚤吸食老鼠或貓狗的血時，鼠疫桿菌會同時逆流到動物體內，經由動物傳染給人類。

鼠疫桿菌一旦入侵人體，會引發高燒、劇烈頭疼、頭暈與身體麻痺，造成精神虛脫、錯亂。在腋下和鼠蹊部形成腫脹硬塊，化膿出血。鼠

疫桿菌若隨血液流到全身，將引起敗血症，在皮膚表面出現黑色斑點，導致死亡，因此又稱「黑死病」Black Death。

日本人根據拉丁語 *pestis* "瘟疫" 演變成德語的 *Pest* 又或法語的 *peste*，把鼠疫稱為「沛斯特[64]」。但如果有人以為這就是英語的 pest，跟歐美人士溝通時很可能講不通，因為這是好幾百年前的古英語，在現代不用來指鼠疫，而是指「害蟲」和「害人精」。

要跟老外講「鼠疫」得用 plague，但這個字也有「天災、災難」和「（害蟲等）禍患」的意思。當動詞使用時是「讓人感到困擾」的，例如 'Karen is plagued with self-doubt.' 是「凱倫對自我懷疑深感困擾」，又或 'Tony was always plaguing his teacher with stupid questions.' 是「東尼老是用愚蠢的問題，困擾他的老師」。

另一個單字 pestilence，雖然也可用來指鼠疫，但更偏向攸關生死的「惡性傳染病」和「有害的事物」。形容詞是 pestilent「危害社會的」、「致死的、有害的」。

鼠疫流行多屬外來，像是船舶入港的時候，因此船隻要在外港待機 40 天，確認船上無人發病才允許上陸。"40" 在義大利語叫 *quaranta*，法語叫 *quarante*，現代英語的 quarantine「檢疫、隔離」便是從這個 "40" 而來。

鼠疫一旦爆發，無論舉行任何宗教儀式都無法抑制其流行，不只是

---

64 ペスト。

平民百姓，連神職人員也無可倖免，讓教會失去權威，成了後來引發宗教改革的要因之一。

補充個題外話，plague 跟捷克首都布拉格 Prague 拼法很像，小心不要弄錯了。

# 近世前篇

# ──文藝復興和英語──

14世紀以義大利為中心，歐洲掀起了一場從中世紀基督教生硬而刻板的世界觀中獲得解脫，尋求人性化生活方式之文化與精神的文藝復興（Renaissance）運動。Renaissance取自法語"再生"的意思，目的在於復興古代希臘羅馬的燦爛文明，從文學、美術、思想文化乃至建築等。

文藝復興思想從義大利翻過阿爾卑斯山脈傳到歐洲中部，終於在16世紀跨海來到英格蘭，卻綻放出更燦爛的火花，此處不但盛行古典研究，也大量引用拉丁語和希臘語成為新的英文單字。

據說當時轉化成英語的拉丁文高達一萬個詞彙，至今仍有一半左右流傳下來。具代表性的單字有explain「解釋、說明」，communicate「傳達、交流」，anonymous「匿名的、來源不明的」等。來自希臘語的則有mathematics「數學」、physics「物理學」、economics「經濟學」等學問名稱，以及theory「理論」、analysis「分析」和cube「立方體」等學術用語。從這裡也可看出，英語隨時代演進變得更加深化而精粹。

同一時期，古典書籍也被大量翻譯成英語，當譯者想不出適切的用字時也會直接沿用希臘語和拉丁語原文，只是在拼法上轉成英語風格，像是chaos「混亂」、catastrophe「大災難、（悲劇的）結局」、pneumonia「肺炎」、crisis「危機」和scheme「計畫、方案、陰謀」等。

此外，伊斯蘭帝國是中世紀時所有學問的聖地，不少阿拉伯語也經由學術著作翻譯，從法語和義大利語等轉成英語，像是 algebra「代數學」、zero「零」、average「平均」和 alchemy「鍊金術」等。

## ──特赦是饒恕（pardon）──

16 世紀還有一個影響歷史深遠的運動，那就是 the Reformation「宗教改革」，始於德意志威登堡大學的神學教授馬丁‧路德（Martin Luther，1483-1546）強烈質疑羅馬教廷"販售"贖罪證明書的行為。當時只要捐錢給教會，就能換取贖罪證明書（後世稱「贖罪券」），把過去的罪行一筆勾銷，引起人們爭相"搶購"，羅馬教廷也樂得藉此募集建造聖彼得大教堂（St. Peter's Basilica）的資金。

「贖罪券」的英文叫 indulgence，而這個字本身也有「縱容、寬容」的意思，形容詞為 indulgent，動詞 indulge 則解釋為「沉迷於、滿足（慾望等）」，例如 indulge *one's* hobby 是「沉迷於個人嗜好」，indulge in drinking 是「沉溺於飲酒」，indulge a child 則是「縱容孩子」。從另一個角度來說，贖罪券也成了"縱容"人們犯罪的免死金牌。

「贖罪券」還有一種說法叫 pardon。第一次知道原來有這層解釋的時候，還真嚇了一跳，這不就是不小心撞到人或聽不懂對方在說什麼的時候要用的 pardon 嘛！雖然在現代，pardon 解釋為「饒恕、寬恕」，

但是知道其由來之後，不免覺得 "Pardon." （對不起）或是 "I beg your pardon?" （請再說一次）聽起來不再那麼正式，而是像中世紀的人以為有張贖罪券在手就能獲得赦免一樣輕率的感覺——難不成這麼想的只有我嗎？

話說回來，傳聞馬丁·路德有過這麼個經驗是，有天晚上他在路上遇到一個喝醉酒倒在路邊的人，這位神學教授好意協助對方站起來，教他要革除惡習重新生活，結果對方回他說：「不用麻煩啦，我手上有贖罪券，沒什麼好怕的」。

這個現象反映出，當時的教會和神職人員已經偏離基督教的教義，擅以自我觀點來解釋聖經裡完全沒有提到的事，有的神父還以誇大其詞、異想天開的傳道內容搏得人氣。信徒之所以不疑有他的原因是，當時的聖經是用只有神職人員和貴族才懂的拉丁文寫成的，一般人連聖經長什麼樣子都不知道，更別提正確認知聖經裡的教義了。

1521 年馬丁·路德被教皇逐出教會，在薩克森選帝侯[65] 腓特烈三世（Friedrich III，1463–1525）的庇護下進行新約聖經的德語翻譯。宗教改革運動得以成功發展，也得感謝德國人約翰尼斯·古騰堡（Johannes Gutenberg，c.1400–1468）早先改良的活字印刷技術，取代了傳統手抄本耗時的作業流程，促使德語聖經能以更低的成本快速複製流通，讓民眾有機會直接接觸到基督教教義。

# ──新教徒與天主教徒──

　　馬丁·路德一開始沒有想過要 "改革" 宗教，而是想要忠實回歸神的教義。他的思想能引起薩克森選帝侯和其他諸侯的贊同，進而促使這群顯貴起而否定羅馬教廷權威，或許是本人也沒有預料到的。

　　響應馬丁·路德宗教改革的人被稱為 Protestant「新教徒」，有「抗議者」的意思。1526 年神聖羅馬帝國皇帝查理五世（Charles V，在位期間 1519–1556）曾一度承認信教的自由，又在三年後收回前言，迫使支持馬丁·路德的諸侯們提出抗議文而得此稱呼。

　　相對於新教（Protestantism），羅馬教廷所屬的舊教稱為「天主教」Catholic，源自希臘語 *katholikos* "全體的、普遍的"，經拉丁語 *catholicus* 演變而來，指相對於異端，秉持正統教義的全體基督教徒，所以小寫的 catholic 本身也有「一般的、寬容的、廣泛的、普遍的」意思。Catholic 後來指羅馬公教會，起因於 11 世紀發生的東西教會分裂，這在稍後會提到。

　　在那之前，一定要介紹一個跟 Catholic 有關的美式口語表達 "Is the Pope (a) Catholic?" 教宗是天主教徒嗎？——這不是廢話嘛！就很像你問一個明知是在美國波士頓（Boston）長大的棒球迷說 "Are you a Red Sox fan?"（你是紅襪隊球迷嗎？），對方可能會反問你 "Is the pope Catholic?" 一樣。這個片語跟宗教完全沒有關係，而是 "Yes" 的幽默

---

**65**　有選舉神聖羅馬帝國皇帝權力的七大德意志諸侯之一。神聖羅馬帝國是日耳曼人建於 9 ～ 10 世紀的國家，上承羅馬帝國（西羅馬帝國）的統緒，國土包括中歐及義大利大部分，1806 年為拿破崙所敗亡。

回答，有「明知故問」或是「連這都不知道！」的意思。

但是相同問題如果問到一個比較粗魯的人，可能就會得到 "Does a bear shit in the woods?" 的回答。這也是肯定（Yes）的意思，因為內容不雅，就讓各位自行查字典吧。

# ——東正教指正統的——

基督教分成三大教派，除了之前介紹的「新教」、「天主教」，還有一個是「東正教」Eastern Orthodox Church，又叫 Orthodox Church。orthodox 是「正統的、傳統的」，源自希臘語 *orthos* "正確的、直線的" ＋ *doxa* "意見"。

有時「東正教」會以「希臘正教」Greek Orthodox Church 或是「俄羅斯正教」Russian Orthodox Church 的名稱出現，這些正確來說是東正教裡持相同教義的地域別教會組織。

隨西元 395 年東西羅馬帝國分治之後，君士坦丁和羅馬遂成為東西教會的宗教中心，各自認為自己才是基督教的正統，在教義思想上也逐漸出現禁止和獎勵聖像崇拜等差異，並因該向誰尋求保護等政治猜忌問題相互交惡。1054 年羅馬教皇（西方教會）和君士坦丁堡教長（東方教會）終於因為爭奪基督教會首席地位一事，互相把對方破門，造

成東西教會大分裂。此後同屬天主教的東西教會各以東歐和西歐為中心，發展成不同教義和禮拜儀式的教派。

這場分裂在九百多年後的 1964 年，於羅馬教宗和君士坦丁堡普世牧首雙方會晤中達成和解，取消了對彼此的破門。但東正教內最大勢力的「俄羅斯正教」仍因政治問題等處於分裂的局面，直到 2016 年 2 月羅馬教宗方濟各（Pope Francis）和俄羅斯正教主教長基里爾（Patriarch Kirill）舉行會談，跨出了歷史性和解的第一步。也許有人還有印象當時媒體報導這是「睽違千年的歷史會談」（正確來說是 962 年）。


## ──英國的宗教改革──

英格蘭也在 1534 年亨利八世（Henry VIII）在位期間（1509–1547）為了擺脫羅馬天主教的控制而創立「英格蘭教會」Church of England，又稱「英國國教」、「英格蘭聖公會」。但此舉跟歐洲大陸的宗教改革完全無關，純粹起因於亨利八世個人的家務事。

亨利八世原是個虔誠的天主教徒，強烈反對海峽對岸進行得如火如荼的宗教改革，羅馬教皇還曾經稱讚他是「信教的擁護者」。後來因為教皇持天主教「禁止離婚」的教義，反對亨利八世與西班牙出身的凱瑟琳王妃（Catherine of Aragon）離婚，使得雙方關係惡化。

但享利八世還是採取強硬手段，在國內坎特伯里座堂大主教的主持下，宣布與凱瑟琳的婚姻無效，並承認其與情婦安‧博林（Anne Boleyn）的婚姻。

羅馬教皇憤而將享利八世破門，後者遂創英格蘭教會，在 1534 年頒發《至尊法案》（Act of Supremacy），宣布「英格蘭國王是英格蘭教會唯一最高首領」，並任自己為教會首長，將教會和修道院的土地與財產收歸國有，挹注王室財源，進而強化國王權力。

大費周章休妻才得已和安‧博林結婚的享利八世，竟然在新婚不久又另結新歡珍‧西摩（Jane Seymour）。面對不願離婚的安‧博林，國王只好捏造私通的名義將之處死。安‧博林坐享王妃的生活不過千日。

## ──湯瑪斯‧摩爾與烏托邦──

強烈反對享利八世創英格蘭教會的是，以《烏托邦》（Utopia，1516）作者出名的湯瑪斯‧摩爾（Thomas More，1478–1535）。此人不但是思想家和哲學家，還是指揮王政廳，負責制定與頒布國家法令之最高權職的大法官。但他因反對《至尊法案》，與享利八世對峙，在辭去大法官一職之後被送交審查委員會，以造反的罪名幽禁在倫敦塔，最後在斷頭臺結束一生。

湯瑪斯‧摩爾發表《烏托邦》的時間是在死前的十九年。utopia 這個字是他自己創造的，取自希臘語的 *u* "否" ＋ *topos* "場所"，意指「不存在的地方或國家」。

這本書用拉丁語寫成，正式名稱很長，有多種譯名可循，本人也試翻了一下：關於國家最佳狀態暨新島烏托邦有關之有趣且有益，像真金一樣的小書。希望有助於讀者從書名想像其內容在於，藉虛構的理想國烏托邦，諷刺與批判英格蘭的現實社會問題。

在烏托邦，雖然禁止擁有個人資產，但人人自由平等；負有每日工作時間六小時的勞動義務，但沒有失業問題，而且每個家庭最多允許有 2 個奴隸（於此見仁見智）。書中預見了許多 21 世紀的問題，烏托邦健全的社會福利政策不但實現了免費醫療，更令人驚訝的是承認安樂死，人人享有宗教信仰自由，並寬懷接受不同宗教的存在。

烏托邦的反義詞叫 dystopia，同樣取自希臘語，由 *dys* "困難" ＋ *topos* "場所" 組成。從假想和烏托邦完全相反的脫序社會「反面烏托邦」，又可解釋為「黑暗國度、地獄國度」。19 世紀的社會思想家約翰‧史都華‧穆勒（John Stuart Mill，1806–1873）曾在發表演說時使用了這個字。

dystopia 反映的是表面看似理想，實則充滿問題的社會狀態。就像我一位美國友人說的 "Hawaii looks like a paradise, but it actually is a dystopia."（夏威夷看起來像天堂，其實是個反面烏托邦）。意思是這

個浮在北太平洋有"人間樂園"之稱的群島，吸引了大量的觀光客，但實際上有許多問題仍待解決。

## ——「桃花源」的英文——

utopia 除了「烏托邦、理想國」，也可以用「桃花源」來形容，出於中國晉朝文人陶淵明（365-427）《桃花源記》裡，桃花林盡頭一個與世隔絕的村落。

反之，用英語形容「桃花源」的時候，不用"桃花"而用"蓮花國"的 lotus land 來表達。「蓮」這個字很容易跟佛教產生聯想，但這裡的 lotus 其實是出自荷馬史詩《奧德賽》裡一種想像的植物叫 *lōtos* "落拓棗"，吃了這種植物的果實之後能讓人放鬆心情，充滿幸福感受。傳聞這種植物長在北非的地中海沿岸，來到這裡的人，吃了落拓棗之後會忘了故鄉和家人，到死都不願離開這個安樂鄉，所以 lotus-eater（吃落拓棗忘卻勞苦的人）又指「貪圖安逸的人」。

希臘的伯羅奔尼薩半島（Peloponnisos）中央也有一個叫阿爾卡笛亞（Arcadia）的世外桃源，其地名始於希臘神話裡宙斯和狩獵女神阿提密斯（Artemis）的侍女卡利斯托（Callisto）所生的孩子阿卡斯（Arcas）。Arcadia 之所以成了「世外桃源」，是因為這裡屬孤立而貧瘠的山岳地帶，反而能倖免於戰爭的摧殘，享受安居樂業的畜牧生

活。在歐洲繪畫裡也成了古希臘淳樸生活的表徵。Arcadia 的形容詞 Arcadian 是「牧歌式的、田園風的」意思，也可當名詞指「過田園生活的人」。

對日本人而言，最能反應成理想世界的，大概是 paradise「天堂」這個單字，指舊約聖經〈創世紀〉裡的「伊甸園」（通常用大寫的 Paradise），和得到救贖的人前往的「天國」，並從「天國」衍生出「樂園、沒有煩惱與勞苦的安樂場所」之意。

Never-never land 又叫 Neverland，是指不真實的「虛妄樂土」，出自蘇格蘭童話作家巴里爵士（Sir James Mathew Barrie，1860–1937）的《小飛俠》（Peter Pan，1904）裡，永遠不會長大的孩子和妖精們共同生活的「夢幻島」。已故的美國流行巨星麥可·傑克森（Michael Jackson，1958–2009）生前在加州南部聖塔芭芭拉市（Santa Barbara）建造了一座住宅兼遊樂園的豪宅，便是取名為 Neverland。

香格里拉（Shangri-la）也是個想像中的人間樂園，出自英國作家詹姆斯·希爾頓（James Hilton，1900–1954）的暢銷長篇小說《消失的地平線》（Lost Horizon，1933），後來也改編成電影，使得作者筆下被西藏群山環繞的小村落 Shangri-la，成了地理位置不詳或隱密的「世外桃源」代名詞。

# ──代罪羔羊──

為了離婚而創立英格蘭教會的亨利八世在 1547 年過世之後，由兒子愛德華六世（Edward VI，在位期間 1547–1553）繼位。這位九歲即登基的年輕國王對於歐洲大陸盛行的宗教改革運動頗有同感，遂成了熱心的新教徒。可惜體弱多病，年僅十六歲就撒手人寰，以純真的年輕國王形象成了新教徒的偶像。

美國作家馬克·吐溫（Mark Twain，1835–1910）的《王子與乞丐》（The Prince and the Pauper，1881）便是以愛德華六世為主角。這本小說裡有個用詞叫 whipping boy。whip 是「鞭子」，當動詞使用時是「鞭打」的意思，所以 whipping boy 在書中指的是代替王子受鞭笞的少年。因為當時的王宮貴族子弟嬌貴不得受體罰，但素行不良或學業成績不好的時候仍需要"管教"一下，這時就由 whipping boy 代為受罰。

在《王子與乞丐》裡代替愛德華挨鞭子的男孩叫韓福瑞·馬洛（Humphrey Marlow），是馬克·吐溫在知道英格蘭宮廷裡有這種代為受過的規矩之後，融入小說創作裡的。愛德華六世是個品性端正，循規蹈矩的少年，但他身邊還是有個代他受罰的實際人物存在，叫巴納比·費茲派翠克（Barnaby Fitzpatrick）。此外，在 17 世紀英國內戰[66] 期間被處決的查理一世（Charles I），也留下一個叫蒙戈·墨瑞（Mungo Murray）的 whipping boy 記錄。

現在英國王室應該已經沒有 whipping boy 的存在，但這個詞仍沿用到現代，成了「代罪羔羊」的意思。例如 'Jim was made a whipping boy for his boss's mistakes.' 是「吉姆成了頂替上司扛起過失責任的人」。

## ──血腥瑪麗雞尾酒──

愛德華六世在 16 歲過世之後，被迫與亨利八世離婚的凱瑟琳之女瑪麗一世（Mary I，在位期間 1553–1558）登基，成為英格蘭第一位女王。

凱瑟琳出身信仰天主教的西班牙，瑪麗本身也成了熱心的天主教徒，登基之後立刻轉換國家宗教政策，不但與羅馬教廷和解，還反向鎮壓國內新教徒，大量處死不願改信天主教的人，因而被冠以「血腥瑪麗」Bloody Mary 的稱號。

雞尾酒裡以伏特加為底，加入蕃茄汁，再綴上檸檬等配料調製而成的「血腥瑪麗」，便是由此而來。蕃茄汁的紅色讓人聯想到瑪麗沾滿血腥的雙手。

---

66　西元 1642–1649 年查理一世和議會之間發展成對立關係，引發「清教徒革命」（Puritan Revolution），參見近世後篇〈克倫威爾與清教徒革命〉。

# ──童貞女王伊莉莎白一世──

繼血腥瑪麗之後即位的是享利八世與安・博林的女兒，伊莉莎白一世（Elizabeth I，在位期間 1558-1603）。伊莉莎白在失意和恐懼中度過了少女時代，不僅母親命喪父親手中，還因為遭人懷疑與新教徒判亂有所牽連而被幽禁在倫敦塔裡，那時她的生命就像風中殘燭，隨時可能被判死刑。

伊莉莎白一生沒有結婚而被稱為「童貞女王」the Virgin Queen，但她的賢明也獲得英格蘭國民為她冠以 Good Queen Bess（好女王貝絲）的稱號。

伊莉莎白始終沒有結婚的原因是，她深知自己的婚姻在外交上是一張重要的王牌。其實很多人來求婚，在思考哪個對英格蘭來說才是最有利的選擇之下，錯失了機會。畢竟她在少女時代曾親眼目睹，和大國聯姻為英格蘭帶來的新外交權衡關係，導致國內情勢陷入重度混亂的情形，所以婚姻對伊莉莎白來說是再謹慎不過的事。

伊莉莎白有句名言是 "I have already joined myself in marriage to a husband, namely the kingdom of England."（我已經有個丈夫，他的名字叫英格蘭王國）。雖然伊莉莎白一生未婚，但也傳聞她和某個臣子有戀愛關係，時而在對方房間停留很長一段時間 ── 不曉得為什麼，這讓人鬆了一口氣。

# ——生存還是毀滅——

在伊莉莎白一世執政期間，英國的戲劇與文學進入黃金時代，被稱為英格蘭文藝復興，其中最具代表性的莫過於威廉·莎士比亞（William Shakespeare，1564–1616）。出身在英格蘭中部埃文河畔斯特拉特福（Stratford-upon-Avon）富裕家庭的莎士比亞，因家道中落只接受到小學程度的正規教育。

十八歲時莎士比亞和二十六歲的安妮·海瑟威（Anne Hathaway）結婚。有次在宴會場合裡，有個男人問我朋友說：「你知道莎士比亞和安妮·海瑟威差幾歲嗎？」答案是「啊，hassaiue [67]」——每次聽到這種歐吉桑風格的插科打諢，都搞不懂哪裡好笑。

安妮·海瑟威的老家（Anne Hathaway's Cottage）現在仍保留在斯特拉特福郊外，連同莎士比亞出生的宅院（John Shakespeare's house），成為英國中部重要觀光景點。還沒有機會到訪的人，不妨找網路照片或圖片來看看，海瑟威老家的茅草屋頂深具舊日風情。

莎士比亞在二十二歲的時候離開家鄉前往倫敦，據說一開始是替劇場主人看馬，後來成了演員，約莫從二十六歲開始寫劇本，留下《哈姆雷特》（Hamlet）、《羅密歐與茱麗葉》（Romeo and Juliet）、《威尼斯商人》（The Merchant of Venice）和《凱撒大帝》（The Tragedy of Julius Caesar）等許多傑出的劇本。這些作品也成了語言學裡研究近

---

67　「アン、ハッサイウエ（八歲上）」，跟安妮·海瑟威的日語發音「アンハサウェイ」聽起來很像。

代英語的重要資料。

　　據說莎士比亞創造的詞彙多達三千個，大部分仍在使用，例如 critic「評論家」和 critical「批判的」、advantageous「有利的」、magic「魔法」、majestic「威嚴的」、charm「魅力」、generous「寬宏大量的」，以及 play on words「雙關語」、pitched battle「對戰、難分難解的酣戰、全力戰」和 good riddance「可喜的擺脫」等片語，另有 all's well that ends well「結果好就一切都好」、all that glitters is not gold（閃閃發光的東西不一定都是金子）即「光看外表不牢靠」等諺語。

　　說了這麼多，最有名的還是《哈姆雷特》的那句 'To be, or not to be, that is the question.' 一般解釋為「生存還是毀滅，這是一個值得考慮的問題。」，但日本歷代文人也有各自的見解，像是明治時代的尚今居士矢田部良吉把它譯為「活久，又或不求賴活，是思考的重點[68]」，大正時代的久米正雄說「要生或要死，才是問題[69]」，進入昭和之後坪內逍遙寫的是「入世，還是棄世，正是疑問呀[70]」，而平成之前的翻譯作家小田島雄志則把它翻成「一直這樣，好？還是不好？是問題所在[71]」。

　　總之，這句台詞再好用不過，英美人士很常半開玩笑地把 be 套成其他動詞使用，像是 "To marry, or not to marry, that is the question."（結不結婚，是個值得思考的問題），又或 "To study, or to play baseball, that is the question."（要唸書，還是打棒球，那是問題所在）等。

# ──給百合花貼金是畫蛇添足──

同樣在《哈姆雷特》中出現過的英語表現 go (or run) to seed，指植物進入結成種子的階段，亦即已經過了鼎盛時期的意思。以植物來說，最燦爛繁盛的莫過於花開的時期，等到完成重要使命之後，就要進入結籽的階段。而此用語也可用來形容人「身體衰弱、變得難看」，又或城市「走向衰敗、沒落」等。

莎翁筆下還出了 gild the lily「畫蛇添足」的形容，見於《約翰王 King John》劇中的台詞 "To gild refined gold, to paint the lily…is wasteful and ridiculous excess." 意思是說「給金子鍍金、給百合上色……都是浪費而可笑的多此一舉」，省略之後就成了 gild the lily "給百合花貼金"的名句，後世也有直接用 paint the lily 來形容的。

兩者都是指不需白費力氣在原本就已經很完美的事物上添加裝飾，日語則用「蛇足」來比喻「多此一舉」。


# ──玫瑰的名字──

《羅密歐與茱麗葉》（Romeo and Juliet）是以 14 世紀的義大利都市維洛納（Verona）為舞台，描寫在皇帝派的蒙太古（House of

---

**68** ながらふべきか但し又　ながらふべきに非るか　爰が思案のしどころぞ。

**69** 生か死か、それが問題だ。

**70** 世に在る、世に在らぬ、それが疑問ぢゃ。

**71** このままでいいのか、いけないのか、それが問題だ。（《ハムレット》，白水社）

Montague）和教皇派的凱普萊特（House of Capulet）兩大家族之間不斷上演血債血還鬥爭的背景下，蒙太古家的獨子羅密歐和凱普萊特家的茱麗葉竟然陷入愛河而導致的悲劇故事。

這部戲裡有一幕是茱麗葉站在二樓窗臺感嘆 "O Romeo, Romeo, wherefore art thou Romeo?"（哦，羅密歐，羅密歐⋯⋯為何你偏偏是羅密歐？）的知名場景，深知蒙太古的姓是世仇的她多麼希望對方不叫那個姓，接著又說 "…a rose by any other name would smell as sweet."（玫瑰就算不叫玫瑰，還是一樣的香）——哦，這是多麼美的台詞啊。

順便提一下，義大利語版的《羅密歐與茱麗葉》裡，女主角的名字叫 *Giulietta*，因為英語的 Juliet 轉成義大利語時字尾會變成 "o"，成了男性化的名字，就像義大利男性稱呼裡常見的 *Marco*、*Francesco*。所以住在義大利的日本女性，名字以 -ko 結尾的，例如由紀子（Yukiko）、幸子（Sachiko），有時就會承襲義大利女性名字基本以 "a" 結尾的習慣，叫成 Yukika、Sachika。

## ——一竅不通的希臘語——

"It' s Greek to me."（那對我來說是希臘語）這句話也很常見，出於《凱撒大帝》，是「一竅不通」的意思。

這部戲開場是由民眾歡迎擊敗龐培，凱旋歸來的凱撒，在民眾的歡呼聲中，馬克‧安東尼（Marcus Antonius）[72] 進獻象徵王冠的小帽三次，都被凱撒辭謝，卻每每引起民眾更熱情的歡呼。

聽聞此事的凱西阿斯（Cassius，暗殺凱撒的首謀）問他的同夥卡斯卡（Casca）「元老院議員的西塞羅（Cicero）可說了什麼？」卡斯卡回說 "Ay, he spoke Greek."（有啊，他說了希臘語）。在凱西阿斯追問內容的情況下，卡斯卡又說 "Those that understood him smiled at one another and shook their heads; but, for mine own part, it was Greek to me." 意思是「除了知道他們彼此微笑、搖頭，其他的對我這粗漢來說，攏系希臘語──有聽沒有懂」。

就算在古羅馬，希臘語也是種艱澀難懂的語言，只有一部分有教養的人才能理解。遇到有聽沒有懂的情況時，現代人也很常套用卡斯卡的說詞，譬如 'His lecture was Greek to me.'（我聽不懂他的教學內容）。其他可用來形容「一竅不通」的英語還有 double Dutch（雙重荷蘭語），例如 'This contract is double Dutch to me.'（我對這份合約內容一竅不通）。Dutch 是「荷蘭語（的）、荷蘭人（的）、荷蘭的」意思，加倍（double）之後讓本來就難懂的荷蘭語變得更加霧煞煞。另有一說是，當兩個荷蘭人湊在一起交談的時候，沒有人聽得懂他們在講什麼。

英國跟荷蘭過去曾是多次交鋒，水火不容的國家，因此英語裡跟 Dutch 有關的用詞以負面居多。

---

**72** 又作 Mark Antony，後與屋大維 Augustus Caesar（Octavian）、雷必達 Marcus Aemilius Lepidus 組成政治聯盟（史稱「後三頭同盟」，Second Triumvirate）。

## ──綠色是嫉妒的顏色──

莎士比亞四大悲劇之一的《奧賽羅》（Othello）裡有 green-eyed monster「綠眼怪」的形容，在《威尼斯商人》裡也有 green-eyed jealousy「綠眼的妒忌」，這是因為英語裡綠色（green）屬嫉妒的顏色，所以 green with envy 是「十分妒忌」、「吃醋」的意思，例如 'When his colleague got promoted, Tommy was green with envy.' 是「對於同事的升遷，湯米感到嫉妒不已」。

但綠色為什麼會成了嫉妒的代表色？古希臘名醫希波克拉底（希臘語：*Hippokrátēs*，c.460–377 BC）曾提倡「四體液學說」，認為人的體內有血液、黏液、黃膽汁和黑膽汁等四種液體流動，當這四種體液處於均衡狀態的時候，能維持身心健康，反之則會生病。

根據此一學說，當人為嫉妒之心所困，體內就會分泌過剩的黃膽汁，體液也會轉成綠色。此外，「血液」多的人屬天性樂觀、「黏液」表遲鈍、「黑膽汁」是陰鬱，「黃膽汁」則有急性子的特質。

## ──搞「笑」來自戲劇用語──

據說香港年輕人之間流行把搞笑說成搞 gag，在日本也有「一發

gag [73]」的說法，指的是讓觀眾發笑的滑稽動作或台詞。不過，人們在觀賞搞笑演出的時候，大概很少人知道 gag 一詞來自莎翁時代的戲劇用語，等同中文的「插科打諢」。

gag 原來指的是演出時不按牌理出牌，偏離劇本的即興演出。在演員忘詞的時候，也可利用這種即興演出來爭取時間，所以能從 gag 重返劇本的，也算是演員的實力之一。漸漸地觀眾對於今天會有什麼樣的即興演出也產生高度期待。

gag 還有「塞住……的嘴（使不作聲）」的意思，進而發展出「箝制……的言論」的用法，例如 gag the press 是「限制出版自由」。遇到台下觀眾交頭私語，不入戲的時候，演員來個脫軌的演出，搏君一笑，順便讓台下"閉嘴"，把注意力拉回舞台的舉動，據說也是 gag 的用意之一。

## ——三流演員是火腿——

日語用"菜頭"的「大根役者」來稱呼三流演員，其典故眾說紛紜，有人說是把蘿蔔的白色引伸為「素人」，也有人說演技越不入流的越是在意外表，老是塗上厚厚一層白粉而來。不過，最常聽到的說法，還是演技差的就跟啃蘿蔔一樣，都不會"中獎"（前者指沒有到位，後者指不會食物中毒）。

---

73　一発ギャク。

　英語也用食物來形容蹩腳演員，叫 ham actor（火腿演員）。據說跟《哈姆雷特》有關，因為這部戲上演得最頻繁，由三流演出的機會自然增多，因而有了 Hamlet 加 amateur（外行、業餘者）的造字 *hamatuer*，最後簡稱為 ham。

　另一種說法是，三流演員沒什麼賺頭，只能用便宜的火腿脂肪（ham fat）來卸妝，而有了 hamfatter（塗火腿脂肪的人）的稱呼，之後被用來比喻「演技差又誇張的演出者」[74]。

　說了這麼多，被認為可能性最高的，是 19 世紀美國有個叫 Hamish McCullough 的人開設了一個叫 Ham's Actors 的劇團，在國內巡迴演出，但完全不受青睞，其團名也成了蹩腳演員的代名詞 ham actor。ham 這個字本身就足以指「演技過度的蹩腳演員」，形容詞 hammy 是「演得過火的」，在美式英語還有「鬧劇的」意思，當然也指「類似火腿的」。ham it up 是「過度誇張的演出」意思。

　我之所以記得 ham actor，是因為很久以前看了一部電影叫【回到未來】（Back to the Future）。劇中發明家博士（Doc）懷疑眼前自稱來自 30 年後的主角馬蒂（Marty），便問他「1985 年的總統叫什麼名字？」馬蒂回說 "Ronald Reagan."（羅納德・雷根）。博士白了他一眼 "Ronald Reagan? The actor? Ha! Then who's vice-president, Jerry Lewis? I suppose Jane Wyman is the First Lady?"，按照當時的日語字幕翻譯是：雷根？那個菜頭演員？那副總統不是就傑瑞路易斯，而第一夫人是珍惠曼囉？

雷根在 1950 年代是小有名氣的演員，但誰也沒想到他會成為美國總統。傑瑞·路易斯在當時是紅遍半邊天的喜劇演員，而勇奪奧斯卡最佳女主角的實力派演員珍惠曼則是雷根的前妻。就是這個「菜頭演員」的字幕翻譯讓本人看完電影後念念不忘，回家趕忙查看字典，發現了 ham actor 的用法，至今仍記憶猶新。但也因為日語字幕印象過於深刻，讓老編一直以為英語台詞也用相同說法，直到撰寫本書時為求精確，找 DVD 來看。啊哈！根本就沒有提到 "ham" 這個字。

電影下檔幾年後，電視曾播出日語配音版本，由三宅裕司負責博士配音，在電視台的自我規範下，台詞從 "菜頭演員" 改成 "三流演員"，可能是多少為了表達對世界大國總統的尊敬。不過，仔細想想，菜頭演員也好、三流演員也好，基本上都是對演員的輕蔑稱呼，換湯不換藥。據說雷根總統生前很愛這部電影，尤其是自己的名字出現在片中的橋段，當他在白宮的放映室第一次觀賞的時候，還叫放映師中途倒帶回去重看一遍。

## ——莎士比亞修正版——

在莎翁逝世約兩百年之後，蘇格蘭一名叫托馬斯·鮑德勒（Thomas Bowdler，1754–1852）的醫生出版了一套十卷的《家庭版莎士比亞全集》（The Family Shakespeare）。

---

**74** 尤指平庸的爵士樂手，又作 hamfat。

　　雖然莎翁的作品到了 19 世紀仍膾炙人口，但也有不少在當時看來屬猥褻和不道德的描寫。這位醫生因而根據原著，把不適合唸給孩童聽，又或有女性在場時不宜朗讀的地方加以刪除，並極力用其他說法來取代容易產生性方面聯想的字眼，譬如用比較委婉的 limbs（雙腳）來取代 legs（小腿）、把 breast（乳房）改為 bosom（胸部）等。

　　鮑德勒的修改是如此滴水不漏，後人因而取其姓名，把「刪節、刪改（文中不當之處）」的動詞叫做 bowdlerize，後來又發展出「竄改」、「檢查校閱」的意思。

## ──格列佛遊記是諷刺小說──

　　愛爾蘭人作家強納森・史威夫特（Jonathan Swift，1667–1745），生於莎翁死後約半個世紀，留下許多著作，其中最有名的要屬《格列佛遊記》。

　　不過這部小說原名不叫 *Gulliver's Travels*，而是 *Travels into Several Remote Nations of the World*《寰宇異國遊記》（1726）。由於標題後面接了 "By Lemuel Gulliver"（魯米耶魯・格列佛著）的字樣，所以是用第一人稱的方式來陳述格列佛親身的體驗。很多人以為這是寫給兒童看的童話故事，其實是用來諷刺當時英格蘭國內與外交問題，辭微旨遠。

第一卷開頭，一大群不及 6 英吋（15 公分）的小人極力綑綁被海浪拍打上岸、呈昏迷狀態的格列佛，這個場面最有名，相信很多人是在繪本看到這一幕而留下深刻的印象。史威夫特把這個虛構的小人國取名為 Lilliput（厘厘普），其國民就叫 Lilliputian（厘厘普人），爾後 Lilliput 成了「小人國」、Lilliputian 是「小人國的人、侏儒」的意思，後者還可當形容詞使用，是「瑣碎的、微不足道的」意思。

　　格列佛溫和的個性逐漸贏得了厘厘普人的好感。當時厘厘普正與對岸的國家不來夫斯古（Blefuscu）處於對戰狀態，而且理由竟然是為了「水煮蛋的正確剝殼法，是要從圓又大的那端剝起，還是從小而尖的部分下手」這等雞毛蒜皮的小事。不僅讓人聯想到英格蘭與法蘭西對立的情勢，也暗指英格蘭教會原來不過是因為國王想休妻的個人問題，結果引發國內英格蘭教會和天主教不斷上演衝突的情形，而這兩個教派在聖經的解釋、教義和儀式上根本是大同小異。

　　第二卷裡，格列佛來到一個叫布羅丁那格（Brobdingnag）的巨人國，被一個身長有 18 公尺高的農夫給抓去當大眾觀賞娛樂的展示品，後來又被賣到大人國的宮廷裡。雖然王妃視之為玩物，但國王對他很有興趣，問了許多跟格列佛的祖國和社會有關的問題。格列佛的回答，自然是對英格蘭的強烈批判。

# ——格列佛遊日本——

格列佛遊記共分成四卷，除了小人國與巨人國，第三卷知名度不高，但內容肯定會讓一些人嚇一跳。把漂流到無人島的格列佛救出來的是漂浮在空中的王國拉普塔（Laputa，有「浮島」的意思）——宮崎駿電影【天空之城[75]】的名稱便是由此而來。

拉普塔的國民很熱衷於數學和天文學等學問，總是沉浸在深度的思考之中，其他則完全置之度外，很容易就身陷危險而不自知。因此拉普塔人身邊總有僕人隨行在側，為的是在必要時打主人一個巴掌或是彈一下耳朵使其回神。這一段是衝著發現萬有引力的牛頓而來。後人於是將拉普塔人的 Laputan 比喻成「異想天開（的）、不切實際（的）」，而拉普塔 *la puta* 在西班牙語又有"妓女"的意思。

拉普塔還以高壓手段統治一個叫巴尼巴比（Balnibarbi）的地上之國，導致巴尼巴比人經常起義反抗。每次遇到屬國造反時，拉普塔總是飛往上空，以投石手段鎮壓，又或直接遮蔽太陽、雨水，帶來嚴重的農業損失，許多人也因疾病蔓延而喪生，明顯是在嘲諷英格蘭對愛爾蘭的統治不當。

離開拉普塔回英國的途中，格列佛竟然也來到日本。在江戶（Yedo）拜見將軍時，謊稱自己是在海上遇難的荷蘭商人[76]，希望將軍能送他到長崎，讓他搭船回國。當時的幕府實施禁教，以踐踏十字架（即踏繪）

等方式來測試進入當地的外國人是否為傳教士，但格列佛向將軍表明「希望能略過踏繪的儀式」，將軍很驚訝地說：「還沒看過哪個荷蘭人拒絕這麼做的」[77]，但還是依格列佛的請求送他去長崎搭荷蘭人的船回歐洲。從這裡可以知道，即使遠在地球彼端的歐洲，也很早就知道日本禁教的踏繪行為。

第四卷是慧駰國（Houyhnhnms）遊記。這次格列佛來到由高貴且智慧程度高的慧駰（智馬）所統治的國家，表面看來雖然是個充滿和平理性的社會，但精英意識形態的官僚作風讓統治者缺乏創意，藉以諷刺英格蘭的貴族們。

慧駰國裡有一種骯髒、邪惡又野蠻的生物叫犽猢（Yahoo），只有慧駰能治得了這群長著鉤爪、像人一樣能站立行走的長毛怪，把他們當奴隸使喚。格列佛一開始也被誤以為是犽猢，但毛不多、懂禮數，而且很快就學會慧駰的語言，有個慧駰便邀請他到家中做客。但是在慧駰國代表們四年一次的野外集會裡，經長達五十六天的討論之後，還是決定把格列佛驅逐出境。

說起犽猢，很快就聯想到以入口網站服務起家的美國網路公司Yahoo！為什麼取這個名字，根據創業者楊致遠（Jerry Yang）和大衛·費羅（David Filo）的說法，他們覺得自己是 "痞子"，因而根據《格列佛遊記》裡的 yahoo「野蠻人」命名。但也有其他說法是來自 'Yet Another Hierarchical Officious Oracle.'（另一個層次的非正式神諭）的縮寫 YAHOO，又或歡喜和大感開心時的感嘆聲 yahoo ！

---

75　天空の城ラピュタ。
76　在日本江戶時代鎖國的期間，一度只允許中國和荷蘭的船隻在長崎入港。
77　旨在諷刺當時的荷蘭人見利忘義的行為。

# 大航海篇

# ——哥倫布與伊莎貝爾一世——

指南針的應用以及船隻設計的改良，促使航海技術急速發展，引領歐洲進入大航海時代。

1492 年，出生於義大利熱那亞（Genoa）的航海家哥倫布（Christopher Columbus，1451–1506）駕帆船橫渡大西洋，來到美洲大陸。近年很少見到「哥倫布"發現"新大陸」的說法，而是用"抵達"兩字，因為"發現"一詞出於歐洲觀點，在那之前美洲大陸就已存在。

資助哥倫布航行計劃的是西班牙女王伊莎貝爾一世（Isabella I）。這位女王是〈近世前篇〉裡也提到的血腥瑪麗——英格蘭女王瑪麗一世——的祖母（有沒有嚇一跳？），所以伊莎貝爾的女兒正是與亨利八世仳離的凱瑟琳王妃，而這場離婚騷動也促成了英格蘭教會的誕生（參見〈英國的宗教改革〉）。

伊莎貝爾也是狂熱的天主教徒，和阿拉貢王國斐迪南二世（Ferdinand II of Aragon）結婚之後，把伊斯蘭教徒驅逐出境，統一了西班牙。另一方面也大興惡名昭彰的異端審判，斷送許多無辜的異教徒和被迫改信基督教的猶太人等性命。這種血腥作風也隔代遺傳給了瑪麗，可謂「有其阿孀必有其孫」。

接受伊莎貝爾的援助，抵達美洲大陸的哥倫布，到死之前仍深信自

己踏上的是印度，才會使得美洲原住民有個「印度人」的奇怪稱呼，叫 Indian [78] 「印第安人」。

後來義大利出身的亞美利哥・韋斯普奇（Amerigo Vespucci，1451–1512）經探險考查之後，證實哥倫布認為的「印度」其實是有別於亞洲的新大陸，亞美利哥的名字也成了「美洲」America 稱呼的由來。

1519 年葡萄牙航海家麥哲倫（Ferdinand Magellan，c.1480–1521）獲得西班牙國王查理一世（Charles I）[79] 的資助，向西航行，在 1520 年穿越南美大陸南端的海峽（即後來的麥哲倫海峽），橫渡太平洋，抵菲律賓群島，但麥哲倫不幸在此客死異鄉。船隊繼續西航，其中一艘通過非洲大陸南端的好望角，於 1522 年返回西班牙，完成人類史上第一次航行世界一周的壯舉，證明了地球是圓的。

## ──懂得掌「繩」等同掌握「訣竅」──

隨大航海時代的來臨，許多跟船隻、海洋以及航海技術有關的英語也相繼誕生。先來介紹 rope「繩索」這個字。從 know the ropes 這個片語，很多人知道 rope 還可用來指解決難題的「訣竅」或行事的「內情、規則、做法」。請他人指導新人做法時也可用 "Please show him the ropes." 來表達。

---

**78** 在西班牙語和葡萄牙語稱 *Indio*。Indian 可為印度人或印第安人，為明確區分兩者，後者慣以 American Indian（美洲印第安人）或 Native American（美洲原住民）稱呼。本書也沿此，將印第安人稱為「美洲原住民」。

**79** 其神聖羅馬帝國皇帝稱號為查理五世（Charles V）。

在下雖然長期以來對為何要用 rope 表示「訣竅」抱持著疑問，但感覺用 rope 比 secret「祕訣」來得神氣又口語化，也就慣用 rope。在此為了給讀者一個交待，翻閱各種資料之後，才知道 rope 原來指的是「帆船的繩索」。有新人報到時，老水手的要務之一是指導繩索的使用方法，進而成了「做法、訣竅」。

即便是現代，駕駛憑藉風力行駛的帆船時，最重要的應該還是在於懂得操控繩索，就像童子軍第一個要學的也是繩結的打法。這種技能就跟學騎腳踏車一樣，一旦學會了就一輩子也不會忘記，一定是因為掌握了繩索的"技巧"。

## ——垃圾（junk）是水手用語——

高鹽、高熱量但營養成分低的「垃圾食物」junk food，對日本人來說是近年才經常聽到的名詞。junk 本身就是「廢棄不用的東西、垃圾」，所以不想收到的「垃圾郵件」又叫 junk mail。令人驚訝的是，junk 原來出自水手用語，始於拉丁語的 *juncus*「藺草」。過去繩索是以藺草編織而成，水手們把磨損不堪使用的部分裁斷之後，準備丟棄的那截就叫 junk。

但英語辭典裡對 junk 的另一個解釋也透露出該字的其他由來，那就是「（中國的）平底帆船、舢舨」。源自馬來語的 *jong*「小帆船」，來

到麻六甲的葡萄牙人把它稱為 *junco*，進而指船上堆積的「垃圾」和一疊疊「亂七八糟不值錢的東西」。

# ──沾了焦油的人──

hand over hand「雙手交替使用」，是根據水手熟練地上下交替雙手拉繩揚帆的動作而來。類似的動作還可用 hand over fist（把手放在拳頭之上）來形容，有「不費力氣地、快又穩地」意思，例如 'Tom is making money hand over fist.' 是「湯姆輕鬆賺大錢」。

有些英日辭典寫到「hand over hand ＝ hand over fist」，試問幾個英美人士之後，得到全面否定的答案：hand over hand 沒有不費吹灰之力的意思。要說「賺錢易如反掌」，還是得用 hand over fist。這點在英英辭典裡也有嚴謹的區分。

說起「水手」，除了 sailor，還有個已經很少見的用詞叫 Jack tar（傑克焦油）。這是因為以前很多水手都叫傑克（Jack），他們穿戴的外套和帽子是用塗了焦油、油漆、蠟或樹脂的防水布（tarpaulin）做成的，之後連防水布做成的衣物，甚至是穿上這種布料的水手，口頭上也用 tarpaulin 來稱呼。

其實 tarpaulin 這個字，本身可能就是來自「tar "焦油" ＋ pall "覆

蓋" ＋ -ing」。tar 或 coal tar，是將煙煤或木材等乾餾之後凝聚而成的濃稠液體，可用來鋪設馬路，又叫「柏油」。過去船上的繩索、船體、甲板的木材和帆布等，也會塗上焦油用以防水、防腐蝕，經常把水手的衣服沾得黑班點點，而有了 Jack tar 的稱呼。

tar 還可當動詞使用，是「用焦油覆蓋[80]」、「玷汙、汙辱」的意思，所以 tar people with the same brush（用同一把刷子給一群人塗上焦油）是把一群人視為「一丘之貉」，例如 'All the soccer fans were tarred with the same brush and call "hooligans."'（所有球迷被指為一丘之貉，冠以"足球流氓"的稱呼），又或 'Not all politicians are dishonest. Don't tar everybody with the same brush.'（不是所有的政治人物都不誠實，不要因為一顆老鼠屎壞了一鍋粥）。

## ──暈船與酒醉──

對英語口語表達有興趣的人可能知道從 under the influence of bad weather（受到壞天氣影響）簡化而來的 under the weather，是「身體不舒服」的意思。據說是因為天候惡劣造成白浪掀天，船身搖得厲害，連帶地船上的人也感到不舒服而來。另有一種說法是，連日悶熱潮濕的天氣容易堆積疲勞和倦怠感，導致身體不適。

under the weather 還有「宿醉」的意思。跟航海有關的英語裡，不

少是從「暈船」聯想成「酒醉」的表達方式。例如英式口語的 half seas over（行到半海），是「半醉的」意思，就像船出到外海之後，許多人不敵波濤洶湧的風浪而暈船一樣，也有「飲酒過量」的含意。

　　three sheets to the wind 也可用來形容酒醉，而且是「酩酊大醉」。這裡的 sheet 不是「床單」，而是指綁在帆的下方，用以固定、收放和調節帆的方向的「繩索」，掌握了帆船能否順利前進的關鍵。一旦這個繩索鬆了或是沒有固定好，就會造成船隻任風吹得像個醉漢，行進方向搖擺不定，連老水手走在甲板上也會跌得東倒西歪。因此在風中翻騰的三條繩索（three sheets to the wind）被用來比喻成重度酒醉。

　　有數字就便於做比較，four sheets to the wind 酒醉的程度更勝於 two (or three) sheets to the wind，或可用「爛醉如泥」來形容。反之，只有一條繩的 one sheet to the wind 是「微醺」。

## ──清理甲板，準備開戰！──

　　看到 clear，自然想到「晴朗的、明亮的、清透的」，但也有一部分人腦中浮現的是 clear the table of dishes 或 clear the dishes from the table（收拾餐桌上的碗盤）等動詞用法，是「清理」的意思。

　　所以 clear the decks 顧名思義是「清理甲板、收拾甲板上散亂的東

---

80　例如 'a newly tarred road' 是「新鋪好的柏油路」。

西」，而這麼做的目的在於移除不必要的東西，準備和敵船開戰，進而衍生出「（清除不必要的東西）準備某項行動或活動」的口語表達，又作 clear the decks for…「為……做好準備」。

cut and run「落荒而逃」也是跟船有關的俚語，原指停泊在港灣或海上的船，突然遇到敵人襲擊的時候，倉皇駛離原地的狀態。有時顧不得解繩或是把錨拉起，只能把繫在錨上的繩索或鐵鍊砍斷，先逃為妙。

## ──餅乾要烤兩次──

biscuit[81]「餅乾」是從古法語傳來的英語，源自拉丁語的「*bis*"兩次"＋ *coctus*"烤"」。德國人吃的一種脆麵包 zwieback，字義上也可拆成相同組合「*zwie ＋ backen*」，是"兩次烘培"的意思。

可能有人會想：biscuit 跟航海又有什麼關係？殊不知餅乾可是航海期間的重要儲糧，不僅可長時間保存，也不易變質或走味。第一次烤完後等變乾，再放到爐中用慢火烤過，不但更硬也可延長保存期限，正可謂"烤兩次"。

烏龜（turtle）也是船員們重要的食物來源。據說船的甲板下方有個可以引進海水的槽子，水手們會把捕獲的海龜以背對背、腹疊腹的方式疊放在水槽裡，這麼一來可延長海龜的生命，確保隨時有新鮮的海

---

**81** biscuit 在美國指的是像比司吉的「小麵包、軟餅」，在英國端出來的則是「餅乾」。本篇以英國的解釋為主。

龜肉可食。但也因為大量捕捉，造成數量急速減少。

　　早期加勒比海（Caribbean Sea）曾是探險家、尋寶者和海盜成群出沒的地方，水手們要抓上岸產卵的海龜很簡單，只要把牠們翻過來，變成四腳朝天即可。turn turtle（把烏龜翻過來）的說法就是由此而來。海龜翻不了身、無可奈何的模樣，後來也被比喻成船隻「傾覆」，只能以倒栽蔥的方式在海上漂流，無法繼續航行的情況。現在不只是船，汽車等「翻」車也能用 turn turtle 來形容。

## ──海龍王的監獄──

　　從 Davy Jones's locker（戴維·瓊斯的箱子）被解釋成「水手安息之地（指海底）」，可以知道過去航海是多麼危險的事。日語把葬身海難、水難的情況用「成為海之藻屑」來形容，所以在日英對照文裡，有時會看到 'The captain has gone to Davy Jones's locker.'（船長已經葬身海底）和「那個船長已經成為海裡的藻屑[82]」的對譯。

　　在英英辭典裡，Davy Jones 的解釋是「海之惡靈」，Davy 是對加勒比海附近「惡魔」duppy 的擬人化稱呼，在英國威爾斯又被視為水手的守護神 St. David。[83]

　　Jones 是聖經裡的約拿（Jonah）。在舊約〈約拿書〉（Book of

---

[82]　その船長は海の藻屑にとなった。
[83]　中英辭典也把 Davy Jones 解釋成「海龍王、海神」。這麼說來，Davy Jones's locker 譯為「海龍王的監獄」也不足為奇。

Jonah）裡有這麼一則故事。神使約拿前往尼尼微大城警告民眾，但約拿抗命，找了一條船打算逃往別處。結果船在海上遇到大風浪，水手決定找出誰是讓大海發怒的原兇，約拿在眾人的逼問下從實招來，水手們於是把約拿抬起來扔進海裡，怒濤就平息了。耶和華卻安排了一條大魚，把約拿吞下，約拿就在魚腹中渡過三天三夜……大概是這樣的故事。這裡的 locker，在日語多解釋成「監獄」，也有人按照本來的說法，翻成置物的「櫃子、箱子」。據說倫敦以前有個酒吧經營者叫 David Jones，會把店裡醉得不省人事的客人鎖進櫃子裡，賣去當船員，大賺黑心錢。

## ——拐騙的目的是前往上海——

上海（Shanghai）是位在長江河口附近的中國第一大城市。直到上個世紀初，「上海」的英文小寫 shanghai 還可以當動詞「誘拐」使用，而且還不是普通的誘拐，是利用毒品或請對方喝酒的方式，接近看起來是當水手料子的年輕人。等到對方喝趴了，就直接扛到船上行駛出海。這種巧妙的拐騙手法，讓許多年輕人莫名其妙地成了船員。

19 世紀美國還有強徵船員的組織性團隊，在舊金山（San Francisco）和西雅圖（Seattle）等地頻傳年輕人受騙被抓去跑船的事件，這些船前往的目的地多是上海，所以 shanghai 又成了動詞「強行迫使當水手」，過去式和過去分詞都寫成 shanghaied，現在分詞是 shanghaiing。當時

美國正值淘金熱，許多年輕人夢想一夜致富，再也沒有人想當船員的時代背景，也是促成該動詞出現的原因之一。

爾後 shanghai 也可解釋成「強迫（或誘騙）人做什麼事」，例如 'She was shanghaied into buying a gold ring.' 是「她被半強迫性地買了一只金戒指」。


# ——五月天，救命！——

在海上等遇到危急情況時用來發出 "SOS" 求救信號的是，直到近代才開發出來的摩斯電碼（Morse code），是根據美國發明家山繆‧摩斯（Samuel F. B. Morse，1791–1872）的名字命名。摩斯於 1837 年開發出一套電信傳送系統，能將一種時間長短不同的信號組成的代碼，透過各種排列組合來表達不同的數字、字母和特殊符號，並傳送到很遠的地方。SOS 並非許多人想的是 "Save Our Ship" 的縮寫。正因為是緊急求救信號，所以是根據摩斯信號裡最好記，而且不會跟其他信號混淆的 S（…）O（---）S（…）代碼組成。

藉機賣弄一下冷知識，據說 1970 年代末期紅遍大街小巷的日本女子流行樂團 Pink Lady 暢銷金曲【SOS】，在歌曲收錄階段本想於開頭放入 SOS 的信號，礙於曲子可能經由無線電廣播在船上播放，造成真實求救信號的誤解，引發重大事態，只好作罷。

"Mayday" 則是國際通用的無線電通話緊急救援訊號，一般重複呼叫三次，為的是避免在噪音干擾的情況下，產生誤聽或混淆的情形。

Mayday 是英國無線電通訊技師佛列德瑞克・莫克佛（Frederick Mockford，1897–1962）在上級的指示下，想出來可讓對方立即理解本機遇到「緊急情況」的用字。當時飛機起降最頻繁的是法國巴黎郊外的布爾歇（Le Bourget）機場，莫克佛因而提議以法文 m'aider 做為求救訊號。這個字在標準法語裡並不單獨使用，一般人喊「救命」時會用 "Venez m'aider" 或 "Aidez-moi"，所以不會有搞混的情形。因此也有 m'aider 是從 Venez m'aider 簡化而來的說法。m'aider 轉成英語之後就是 Mayday [84]。

遇到不那麼危急但可能發展成緊急事態的時候，無線電呼叫訊號則改為 "PAN PAN"，兩字為一組，同樣重複三次，用以通知對方目前的狀態是「進入緊急狀態前的階段」。

1998 年瑞士航空一架客機的駕駛艙內傳來燒焦的異味，機長用無線電呼叫 "PAN PAN"，但臨近機場做出還不是那麼緊急的判斷，指示該機飛往其他機場，途中機艙內起火，飛機墜海造成全機無人生還的空難事件。

這個 PAN 也源自法語 panne "故障"。不過近年也許是為了展現英語身為國際語言的威望，也被指為是 Possible Assistance Needed（需要盡可能的救援）又或 Pay Attention Now（留意當機發展情況）的縮寫。

---

84　台灣樂團「五月天」英文名稱也叫 Mayday。

# 近世後篇

# ──克倫威爾與清教徒革命──

1603 年有賢明女王（Good Queen）之稱的伊莉莎白一世崩殂後，由蘇格蘭國王詹姆士六世（James VI，在位期間 1567-1625）以詹姆士一世（James I，在位期間 1603-1625）的稱號登基英格蘭王位。由於伊莉莎白終身未婚，外甥孫的詹姆士得以雀屏中選成為王位繼承人，也終止了英格蘭和蘇格蘭兩國長年對立的關係，成為共戴君主的聯合王國。

詹姆士一世篤信君權神授（divine right of kings），宣稱「君王權力是神所賜與，人民不許反抗」，極端的專制政治思想當然受到議會猛烈的抨擊。

但加深國王與議會對立的另一個理由，果然還是宗教問題。受到新教之一喀爾文派[85] 影響的清教徒（Puritan）勢力壯大，強烈要求改革英格蘭教會。Puritan 一字始於近代拉丁語的 *puritānus* "淨化者"，顧名思義就是要徹底清除英國國教裡的舊教成分，追求教義和紀律的嚴格化，引來詹姆士一世對清教徒展開嚴屬的迫害，埋下日後王權與議會衝突的種子。

1625 年查理一世（Charles I，在位期間 1625-1649）即位，順便繼承老父的政治與宗教政策，促使議會逼迫他在 1628 年簽署《權利請願書》(Petition of Right)，內容是規定國王未經議會同意不得向人民徵收稅捐，亦不得未經法律程序拘捕或收押人民。但查理一世在簽署後隔

---

85　創始人為宗教改革家約翰・喀爾文（John Calvin，1509-1564），其主張總稱為喀爾文主義（Calvinism）。

年隨即解散議會，很久都不再召開。

查理一世又進一步重用反對喀爾文派的坎特伯里大主教威廉‧勞德（William Laud）[86]，引來清教徒激烈反抗。這位大主教鎮壓清教徒的手段隨後擴及到蘇格蘭，引起當地叛亂，查理一世為籌措出兵蘇格蘭的軍費，只好再度召開議會[87]，但遭到否決。

議會與國王終於決裂，國家分成支持英格蘭教會、擁護查理一世的保王派（Royalist），以及以清教徒為主、擁護議會的議會派（Parliamentarian），形成內戰。一開始是保王派占上風，後來由議會派的奧利佛‧克倫威爾（Oliver Cromwell，1599–1658）指揮有「鐵軍」（Ironsides）之稱的精銳部隊獲得最終勝利。1649 年查理一世遭當眾處決，英格蘭在議會主導下採共和政體，這就是史稱的「清教徒革命」（Puritan Revolution）。

隔年克倫威爾平定愛爾蘭，返回英格蘭後成為軍事獨裁者，1653 年就任英格蘭、蘇格蘭與愛爾蘭國協保護主，簡稱「護國主」（Lord Protector of the Commonwealth）。該頭銜本來適用於國王尚處年幼時代為攝政的公卿，但是在革命政權之下成了最高權力的表徵。

send *someone* to Coventry（把某人送到考文垂）的說法就是在這個時候出現的。克倫威爾把保王派的俘虜移送到議會派據點考文垂的聖約翰教堂，那裡的人仇視保王派。教堂成了禁錮這些俘虜的監獄，附近還有刑場。囚犯們偶爾也被允許到教堂外放風活動，但居民完全無視

---

86　威廉‧勞德在 1633 年被指派為坎特伯里大主教之後試圖回復宗教改革前的部分儀式與紀律，在英格蘭和蘇格蘭引發強烈的抗爭，成為英國內戰（English Civil War，1642–1649）的導火線之一。勞德在 1645 年以謀反的罪名被判死刑。

87　查理一世從 1629 年解散到再度召集議會的 1640 年，已過 11 個年頭，這段期間由國王行個人專制統治。

於他們的存在，而有了 send *someone* to Coventry「拒絕與某人往來」的
說法，也有「把人排除在團體之外」的意思。

鞏固政治權力基礎的克倫威爾，堅決推辭議會舉薦他當國王的尊榮，
因為經驗告訴他國王的皇冠是議會變形的枷鎖，套上之後再也無法從
心所欲。議會當然也是為了約束克倫威爾的至高權力而出此計策。不
久克倫威爾就在 1658 年因病逝世。

## ──復辟與黑名單──

英格蘭在清教徒革命之後採行沒有國王在位的共和政體，隨人民
對新體制逐漸感到不滿與厭惡[88]，世風再起復辟（Restoration）的輿
論。取得政權的議會派司令官喬治・滿克（George Monck）讓穩健派
回歸議會，找回流亡歐洲大陸的查理一世之子，於 1660 年以查理二世
（Charles II，在位期間 1660–1685）的名號登基復位。

查理二世在內戰期間很早就嗅到危機，於 1646 年逃往歐洲大陸。
在父親遭處決之後，一度返回蘇格蘭繼承王位。1651 年克倫威爾率
鐵軍進攻蘇格蘭，查理二世吃敗仗，再度展開亡命生涯。就在老國王
被斬首之際，查理二世派間諜到英格蘭擬定一份跟父親之死有關的名
單，共有裁判長和政治家等五十八人名列在冊，即所謂的「黑名單」
blacklist。

查理二世即位之後，立即找出名單內的三十人判處死刑，其他人則遭終身監禁。但這還不足以消他心頭之恨，又把克倫威爾的屍體從墓地裡挖起，以造反者的名義將其分屍八大塊、斬其首級懸在西敏寺的屋頂，一吊就是二十五年。現代人以火葬為主，但在當時的英格蘭幾乎都是土葬，克倫威爾沒有化成灰燼的屍體最後落得身首分離的下場。

whitelist「白名單」是相對於黑名單，誕生在 20 世紀初的用詞，指沒有警戒之必要、可為接受或值得信賴的人事物名冊，例如可推薦給青少年的「優良小說和電影名單」、值得往來的「優良企業名單」，又或企業可考慮僱用的「優良人選名單」等。

隨網路通訊發達，電子郵件也發展出限定收發對象的「白名單」機制，不在名單內的就會遭到拒絕。就這層意義來看，白名單也可反向解釋成黑名單。

## ──內閣與保險套──

報了父仇的查理二世，身處的不再是君權至上的時代，卻不顧即位前廢止專制政治、尊重議會決定的公開宣言，做出擁護天主教、迫害清教徒等與議會作對的舉動。這是因為查理二世在流亡歐洲大陸期間，傾慕於天主教的關係。

---

88　新政府竭力提倡勤儉生產，嚴禁奢侈浪費和娛樂，使得人民的生活趨向刻板嚴肅。

　跟議會之間的衝突讓查理二世再也無心於政治，乾脆提拔身邊的五人為重臣，把國事全丟給他們。這五人分別是 Clifford（柯利弗德）、Arlington（阿靈頓）、Buckingham（白金漢）、Ashley（艾許利）和 Lauderdale（勞德戴爾），合起來就是 CABAL，有「喀巴魯政府」之稱，也是當今內閣的起源。cabal 本身也有對抗政府和權力者的「祕密結社」、「陰謀集團」之意，喀巴魯政府因而成了世人嘲笑查理二世和五位大臣的流行語。

　查理二世不務正業，沉浸在溫柔鄉中，跟王妃之間沒有子嗣，倒是和幾個情婦生了十七個私生子，擔憂再這樣下去恐會引起王位繼承的問題，御醫於是用羊的腸子為他製作細長、可為避孕的袋狀用品。這位醫生的名字叫 Condom（康頓），據說「保險套」condom 就是從康頓醫生的名字而來。

　關於保險套的英語稱呼，還有一種說法是來自英國一名近衛軍隊長康頓（Condum）的名字。康頓為了預防在法國作戰的下屬感染性病，用風乾的動物腸子做成沾油軟化後使用的套子，分發給士兵們。此外，法國庇里牛斯山腳下有個叫 Condom 的地方，在梅毒流行的期間，行房時男性會另外套上用布做成的套子，也成了保險套名稱由來的另一說法。

　不過，保險套的歷史其實可以追溯到西元前三千年的古埃及王朝，當時的人已懂得用動物的腸子或膀胱、青蛙皮和魚鰾等做成避孕用品。

# ──打劫的強盜對上趕牲畜的鄉巴佬──

把國事交給大臣，縱情享樂的查理二世終是得面對王位繼承的問題。按理來說，和王妃之間膝下無子嗣的查理二世王位繼承人，理當是國王的弟弟──約克公爵的詹姆斯（James）。但詹姆斯的天主教信仰，對以英格蘭教會為國教的英國來說，是個充滿爭議的王位人選。

對此，議會內部分成贊同詹姆斯即位的王權派，以及反對天主教徒當國王的新教派，展開激烈論戰。王權派用蘇格蘭語 whiggamore 的簡稱 Whig 來譴責反對派是"趕牲畜的鄉巴佬"和"反叛者"。反對派也用愛爾蘭語的 Tory 反譏對方是"攔路搶劫的強盜"和"亡命之徒"。

此後 Tory「托利黨」成了尊重英格蘭教會與王權之英國保守黨的前身，而 Whig「輝格黨」演變成主張宗教寬容性和重視議會的自由黨。現在英國的兩黨制便是由該王位繼承人問題催生而來。

1685 年查理二世駕崩，由托利黨推舉的約克公爵登基王位，稱號詹姆斯二世（James II，在位期間 1685–1688）。獲得新教派輝格黨支持的查理二世非婚生子嗣蒙茅斯公爵主張自己的王位繼承權，起而造反，但很快就被鎮壓下來遭到處死。詹姆斯二世肅清蒙茅斯的同夥之後，為加速英格蘭的天主教化而解散議會，新設以天主教信徒為主要成員的常備軍。

詹姆斯二世的作為引發國民強烈的嫌惡，後來連托利黨也見風轉舵，聯手輝格黨準備推翻王權。兩黨在 1688 年敦請查理一世之孫，同時也是娶詹姆斯二世女兒瑪麗為妻之荷蘭省督奧蘭治親王的威廉（William of Orange）[89] 來英格蘭坐"朕"時，詹姆斯二世循前人的腳步逃亡法國。

1689 年威廉和妻子瑪麗分別以威廉三世（William III，在位期間 1689–1702）和瑪麗二世（Mary II，在位期間 1689–1694）的稱號共同即位，統治英格蘭。詹姆斯二世在天主教派常備軍很早就叛離主君的情況下，不戰而逃。為了紀念這場沒有引發流血與大混亂，保住人民自由、順利迎接新王的改革，史稱「光榮革命」Glorious Revolution。

## ──世界第一位首相的誕生──

1702 年瑪麗二世的妹妹安妮（Anne，在位期間 1702–1714）即位之後，英格蘭和蘇格蘭在 1707 年合併，加上 13 世紀早已併入的威爾斯，「大不列顛王國」Kingdom of Great Britain 從此誕生。

繼承安妮王位的是根據法律[90] 迎為主君的遠親 —— 德意志漢諾威選帝侯之格奧爾格・路德維希（Georg Ludwig），在 1714 年以喬治一世（George I，在位期間 1714–1727）的稱號登基大不列顛國王。德語的 Georg 轉成英語就是 George。

---

**89** 奧蘭治親王威廉的母親是人稱瑪麗・斯圖亞特（Mary Stuart）的蘇格蘭女王瑪麗（Mary，在位期間 1542–1567），經常被拿來和同世代的表姐英格蘭女王伊莉莎白一世做比較。英國歷史學家約翰・蓋（John Guy）的著作《Queen of Scots: The True Life of Mary Stuart》在 2018 年被翻拍成電影【雙后記】（Mary Queen of Scots）即是一例。

不過喬治一世即位的時候已經是五十四歲，不但英語一竅不通、完全不懂英國內情，對政治也一副興趣缺缺的樣子。根據日本資深媒體人＆學者池上彰的說法，喬治的菜英文反而促成英國議會政治的大力發展。

其實在選擇王位繼承人的時候，議會裡也出現反對讓不會講本國語的"老外"當主子的聲浪，托利黨尤其強烈主張應該讓詹姆斯二世的兒子繼位，這讓喬治在上任之後把政權委交輝格黨治理，但背後不乏輝格黨內能人之士的操作。羅伯特・沃波爾（Robert Walpole，1676–1745）利用賄賂國王情婦的手段拉攏喬治一世，進而鞏固輝格黨的政權基礎。

1720 年的南海泡沫事件（South Sea Bubble）讓沃波爾有機會在臺面上一展政治手腕。南海公司（South Sea Company）在當時是與西印度群島（南美洲）進行貿易的公司，那一年該公司的股價因投機熱潮急速高漲，隨後狂跌，重挫英國經濟。據說發現萬有引力的科學家牛頓（Isaac Newton，1642–1727）也持有該公司大量的股票而損失兩萬英磅，換算成現在的幣值，大約是一億日圓。

「泡沫經濟」bubble economy 指的是過熱的股票投機等造成經濟熱絡的表象與實體狀況大幅偏離的狀態。這是人類史上第一次用泡沫（bubble）來形容經濟。

沃波爾成功採取了讓等同中央銀行的英格蘭銀行以及東印度公司收

---

90　1701 年頒布的《王位繼承法》（Act of Settlement）將羅馬天主教徒和斯圖亞特王室成員排除在繼承者之外。2013 年通過決議的《王位繼承法 2013》除了承認女性的王位繼承權，也廢除對羅馬天主教徒的歧視。

購南海公司股票的救濟措施，自己也順勢成了輝格黨裡最具實力的大老，於 1721 年當上第一財政大臣（First Lord of the Treasury）。沃波爾依附執政黨輝格黨之力組織內閣，在議會的支持下行使責任內閣制，亦即由占議會多數的政黨組成內閣，對議會負起政治上的連帶責任，一改過去對國王負責的政治形態。

第一財政大臣以"內閣第一人"之意成了 Prime Minister「內閣總理」的俗稱，沃波爾也成了全球第一位"首相"。不過這個稱呼原來也有「獨裁者」的意思，沃波爾也成了第一位被媒體抨擊的政治人物。

The King reigns but does not govern.（國王當政但不統治）的說法也是出於這個時候，意指國王君臨天下，但統治權經議會由人民行使。


## ──沃波爾和平──

喬治二世（George II，在位期間 1727–1760）從父親喬治一世手上接下大不列顛國王的位子之後，仍把政治交由沃波爾管理。沃波爾實際執政的二十年來西線無戰事，而有 Pax Walpoliana「沃波爾治世」之稱。Pax 是羅馬神話裡和平女神帕克斯的名字。

18 世紀英國歷史學者愛德華・吉朋（Edward Gibbon，1737–1794）在系列名著《羅馬帝國衰亡史》（The History of the Decline and Fall

of the Roman Empire，1776–1788）裡，把 1 世紀末到 2 世紀後半的五賢帝[91] 時代稱為「人類史上最幸福的時代」Pax Romana，即「羅馬治世」。此後「由強權國家掌控的國際和平」就以 Pax ～來稱呼。

　　舉例來說，19 世紀英國維多利亞女王（Victoria）在位期間（1837–1901）有 Pax Britannica「不列顛治世」之稱。又第二次世界大戰後美國與蘇聯處於冷戰情勢，全球在緊張關係中度過沒有大規模戰爭的時代，而被指為 Pax Russo-Americana「美蘇冷戰下的世界和平」。

---

**91**　五賢帝為聶爾瓦（Nerva，在位期間 96–98）、圖拉真（Trajan，98–117）、哈德良（Hadrian，117–138）和兩位安東尼皇帝 —— 庇烏斯（Antoninus Pius，138–161）與奧理留斯（Marcus Antoninus Aurelius，161–180）。

近世後篇

# 美洲大陸篇

# ──清教徒移民美洲大陸──

1620 年，102 位清教徒為了躲避英格蘭國內宗教迫害，尋求信仰自由而搭乘五月花號（Mayflower）前往美洲大陸。他們被稱為 Pilgrim Fathers（移民北美殖民地先鋒），小寫的 pilgrim 又有「朝聖者」之意。

由於出發時間晚了，五月花號抵達美洲大陸的時候已經入秋。據說那年冬天特別寒冷，短短半年內就有半數的人口因病過世，其餘的人幸而有美洲原住民就近接濟糧食才得以度過嚴冬。

隔年秋天（1621 年）為慶祝豐收、感謝上帝的眷顧，移民們舉行盛宴的同時也不忘邀請原住民一起參加，這就是感恩節（Thanksgiving Day）的由來。雖然美國和加拿大的感恩節日期不同，前者為十一月第四個星期四、後者為十月第二個星期一，但都是繼聖誕節（Christmas）之後第二個重要的節日。

# ──火雞和土耳其──

移民北美的清教徒在第一個感恩節裡用來慶祝的美食是「火雞」turkey。據說是美洲原住民抓來整隻燒烤，跟清教徒們一起享用的。

仔細想想，土耳其這個國家的英語也叫 Turkey，難不成跟火雞有什麼關係？查了各種文獻之後才知道，火雞原來指的是產於西非的珠雞（guinea fowl，意指幾內亞的雞），由土耳其商人經鄂圖曼土耳其帝國統治的北非黎波里（Tripoli）[92] 運送到歐洲，而有了 turkey 的稱呼。

歐洲人跨海來到美洲的時候，因為那裡的火雞長得很像非洲的珠雞，乾脆叫成 turkey。日本人則稱之為「七面鳥」[93]。

日本研究社出版的《英語語源辭典》裡寫到「珠雞是棲息在澳洲北方島嶼新幾內亞（New Guinea）的鳥類，經土耳其來到歐洲而有 turkey 的稱呼」。雖然本人參考的許多資料裡沒有「火雞產於新幾內亞」的記載，但是翻開地圖，從新幾內亞穿過土耳其船運到歐洲正好是一直線，感覺這種說法也很自然。也許就是因為這樣才會讓編輯辭典的人把「幾內亞」誤解成「新幾內亞」的也說不定。[94]

再說走陸運從西非的幾內亞經土耳其到歐洲的話，得先東行再往西，形成繞遠路的波折路徑。不過也有記錄指出，當時歐洲把從其他地域引進的舶來品稱為 "turkey"（土耳其）。這麼說來，火雞產於非洲幾內亞應該是比較妥當的見解吧。關於這一點，今後想來好好研究一下。

---

92　現為利比亞首都。
93　七面鳥（シチメンチョウ）。因為火雞脖子裸露的皮膚在興奮時會產生紅、藍、紫等顏色變化，看起來好像有七種樣貌。
94　新幾內亞也有一種屬鶴鴕目的「食火雞」叫 cassowary。珠雞和北美的野生火雞（wild turkey）都屬雞形目。

## ──來講講火雞──

也許是因為來到美洲大陸的清教徒，在第一個感恩節吃的是火雞的關係，英語裡有很多跟 turkey 有關的用法。「走路大搖大擺」的 walk turkey，又或 say turkey「用一種友好的方式說話」等片語雖然不是那麼常見，但還是可以在一些辭典裡查到。現在商場很常用到的是把 say 換成 talk 的 talk turkey，是「打開天窗說亮話」的意思。

據說有一天白人和美洲原住民相約出門打獵，兩人說好要平分獵物，那天共獵到兩隻火雞和三隻烏鴉。等到分獵物的時候，白人說 "A crow for you, a turkey for me."（給你一隻烏鴉，給我一隻火雞），就順手把火雞放進自己的袋子裡。接著又同樣把烏鴉分給原住民，自己拿走火雞。

這時原住民說話了 "I will talk turkey."（我需要談談火雞的事）。之後尤其在工作方面需要「坦率直言」、「認真商討」的時候就會用 talk turkey 來表達。

## ──伊莉莎白一世和維吉尼亞──

英國在北美東岸最早設立的殖民地叫「維吉尼亞」Virginia，取自有

童貞女王（the Virgin Queen）之稱的伊莉莎白一世。

　　法國也把南北從五大湖到墨西哥灣、東西從阿帕拉契山脈到落磯山脈，幾乎含蓋整個密西西比河流域的廣大區域劃成自己的殖民地，並以號稱「太陽王」、留下「朕乃國家」（I am the state.）之言的路易十四（Louis XIV）[95] 為名，叫「路易斯安那」Louisiana。現在的路易斯安那州不過是當時的一小部分。

　　荷蘭人也來了，主要在原住民稱為 *Manna-hata*（意指有很多丘陵的島）的地方設立殖民地，即現在的「曼哈頓島」Manhattan。荷蘭人一開始是根據祖國名稱把這個島叫做 *Nieuw Nederland*，Nieuw 轉成英語是 New，即「新尼德蘭」，後來又改名為「新阿姆斯特丹」New Amsterdam。這時荷蘭人為了防禦英國人和原住民的侵襲而築起一道牆，即當今世界首屆一指的金融中心「華爾街」Wall Street 地名的由來。

　　1664 年英國從荷蘭人手上奪下這座島，改名為 New York（新約克），即「紐約」。在那之後，英國也大量殖入以受到宗教迫害為主的清教徒移民，在 18 世紀初建立起北美十三州殖民地。

## ──跳蚤市場源自曼哈頓──

　　在日本不時有公園或步道等舉辦販售二手商品的跳蚤市場活動。由

---

95　路易十四在法國建立起君主專制的中央集權王國，其好大喜功和窮極奢華的揮霍雖然埋下了法國大革命的種子，但也提倡學術、興建凡爾賽宮，讓法國成為當時歐洲政治、外交、學術以及藝文活動的重心。

於跳蚤市場的英語發音接近 "free market"，很多人以為其英文名稱指的就是誰都能 "免費、自由" 參加的市場活動。不過跳蚤市場還真的叫 "跳蚤" 市場——flea market。

一般認為跳蚤市場始於巴黎北部的 "蚤市" *marché aux puces*。*marché* 是 "市場"、*puces* 是 "跳蚤" 的複數形，直譯成英語就是 flea market。至於為什麼用跳蚤來形容，不難想像是因為當時拿出來賣的，很多是老舊而長滿跳蚤的東西。

關於跳蚤市場的起源，還有一種說法是始於當時還是荷蘭殖民地的曼哈頓島，據說荷蘭人在當地開辦的市場叫 Vallie Market。*Vallie* 在荷蘭語是 "沼澤地" 的意思，是過去曼哈頓島東河（East River）一帶的地名。*Vallie* 變成 vlie，最後發音成 flea，就成了 flea market。

## ——如刀身飛出般的狂怒——

一開始跟美洲原住民相互合作的歐洲移民，為了土地和糧食，逐漸與對方發展成對立關係，並幾度發生激烈交戰。以下介紹幾則跟美洲原住民戰役有關的英語。

首先是 a feather in *one's* cap（插在帽子上的一根羽毛），來自美洲原住民在擊敗敵人之後都會在頭上的羽冠插上一根羽毛的習俗，所以是

「值得誇耀的事、卓越成就」的意思。例如 'Being chosen town mayor is a feather in his cap.' 解釋為「被選為鎮長，是讓他引以為傲的成就」。

Indian file 指的是「一路縱隊」。file 除了「檔案」，也有「縱列」的意思。前面加 Indian 是因為美洲原住民結隊襲擊敵人的時候，會踏著前人的足跡成一縱隊行進，以免留下雜亂的腳印，曝露行跡。現在也用 march in Indian file 來形容「單排列隊行進」。fly off the handle（從刀柄飛出）是出自美洲原住民和拓荒者的生活寫照，指一時失去理性「勃然大怒」，用來表現手持鐮刀或斧頭砍向對方時，刀身從握柄鬆脫飛向對方的模樣。而激動時說的話就像一把朝對方飛去的刀，會深深傷害對方。

拓荒時代裡能取得的工具有限，斧頭是非常重要的工具之一，一旦刀身鬆脫，就會用樹皮編成的繩子或麻繩緊實纏繞，反覆使用。現代人也可以從 fly off the handle 想像當時的人也許是因為用力揮斧時，斧頭沒有綁緊而飛離刀柄，讓人不禁把柄摔在地上大聲咒罵的情景。

## ──把斧頭埋在地下言歸於好──

我們不難想像白人和原住民之間起爭執的原因之一在於風俗習慣的不同，Indian giver「看在回禮而送禮的人」便是一例。美洲原住民為了避免跟周圍的部族產生摩擦而有交換禮物的儀式，對他們來說，送

禮等同接收相同分量的回禮，這是很自然的事。但歐洲人也許不太懂得這點，才會出現也可用來形容「送東西給人日後又想討回的討厭鬼」Indian giver 這種口語表達的吧。

美洲原住民跟敵人和解的時候也有獨特的儀式，他們會把用來當武器的斧頭埋在地下，跟對方的酋長一起抽著象徵和平的長桿菸斗（peace pipe）。這就是 "埋斧頭" bury the hatchet 等於「和解、言歸於好」的由來。在日本也有類似止戈為武的說法叫「收矛[96]」。

據說美洲原住民也會把 "耳朵貼在地面"，傾聽遠遠而來的馬蹄聲，掌握敵軍大批人馬襲來的攻勢。因此 have an ear to the ground 有「掌握世間動向、了解最新趨勢」的意思。但是也有人認為，這不過是西部片裡為了增添樂趣而捏造出來的情節罷了。

## ——美元是鹿皮——

美鈔叫 greenback，在英語商業報導裡常見 'Japanese yen rose against the greenback for the fifth straight day.'（日幣對美元連續 5 天升值）等陳述。原本出自南北戰爭期間政府為籌措軍費而大量發行的紙幣，由於紙鈔背面是綠色印刷而稱為 greenback，後來成了美鈔的俗稱，雖然現在紙鈔表裏印刷都是綠色……

美國人也習慣用 buck 來稱呼美元。我一直以為是 greenback 的略稱，很愛把十美元講成 "10 backs"，藉以向旁人炫耀自己是多麼融入美國生活，後來才發現正確說法應該是 "10 bucks"，而且 back 跟 buck 的發音也有微妙的不同。

buck 是「雄鹿」的意思，早期美洲原住民跟移民者以物易物的時候，用的是 buckskin「鹿皮」，所以 buck 是鹿皮的簡稱，後來成了「美元」的俚語。


# ──紳士禮服來自美洲原住民部族名稱──

男士禮服有分「晨禮服」morning coat、「燕尾服」swallow-tailed coat 和「晚禮服」的 tuxedo，在英國又叫 dinner jacket（晚宴時穿著的夾克）。

沒想到 tuxedo 竟然是出自住在離曼哈頓島 20 英里處的原住民部族名稱 Ptuksit，由於殖民者無法正確比照原住民的發音，而把該部族和其土地稱為 Tuxedo。到了 19 世紀，紐約州橘郡（Orange county）Tuxedo 的土地上蓋了一座鄉村俱樂部，會員和來賓必須穿著無尾的半正式禮服才能進出這個高級社交場所，tuxedo 因而成了晚禮服的稱呼。

---

96　矛を収める。

# ──梅毒和牧羊人──

白人帶來了美洲原住民不具免疫力的天花（smallpox），有的部族甚至因而失去大半人口。反之，梅毒是從美洲大陸擴散到全球的傳染病，會導致身體部位出現潰瘍，嚴重的話會破壞骨頭、眼睛、鼻腔、口唇和性器等組織。

一般認為梅毒是大航海時代裡跟著哥倫布去美洲大陸的船員，挾馬鈴薯、玉米、蕃茄和煙草等一併帶回歐洲的。日本第一個梅毒病歷記錄出現在 1512 年，距離哥倫布抵新大陸的 1492 年不過短短二十年的時間。

梅毒的英語叫 syphilis。我認為這個字肯定源自希臘語的「*sym* "共同" ＋ *philos* "愛"」，還替古人很早就覺得這種病主要透過性交傳染的見知，深感佩服。但事實證明這不過是胡亂不實的猜想。

syphilis 一詞出自義大利詩人兼醫生的吉羅拉莫·弗拉卡斯托羅（Girolamo Fracastoro，1478–1553）用近代拉丁語創作的詩叫《西非力士或法國病》（*Syphilis sive Morbus Gallicus*）。詩中以希臘神話裡牧羊人西非力士（*Syphilus*）的名字，把梅毒取名為 syphilis。美少年西非力士因為連日豔陽照得牧草乾枯而冒犯太陽神阿波羅，受到罹患惡性皮膚病的懲罰，這位少年也成了第一位梅毒患者。

在那之前，歐洲各國亂點梅毒病名。在英、義、德把它稱為「法國病」，荷蘭人叫它「西班牙病」，俄羅斯人說是「波蘭病」，法國人也不甘示弱地以「英國病、拿坡里病」等名稱回敬其他國家。直到弗拉卡斯托羅為這種病取了個中立的名稱之後，才平息了這場國際爭議。

日語「梅毒[97]」的稱呼來自中文。中國早期稱之為「楊梅瘡」，原因是病患滿身的疹子長得像楊梅的果實。不知從什麼時候起「楊」字被拿掉，成了「梅瘡」（雖然跟梅子一點也不像），最後成了「梅毒」。


## ──死前要去一趟拿坡里──

上一篇提到法國人把梅毒稱為「拿坡里病」，那就順便介紹一下跟拿坡里（Napoli，又稱「那不勒斯」Naples）這個城市有關的諺語 'See Naples and then die.'（看過那不勒斯之後即可了此一生）。

這句話在義大利語原本叫 'Vedi Napoli e poi Mori.' 是「看過拿坡里之後來去摩利」的意思。摩利是位在拿坡里郊外的小城鎮，現在已被併入拿坡里市。由於 Mori 跟 muori "死亡" 的發音接近，便利用雙關語講述成「死前要去一趟拿坡里」。在日語也有類似的說法叫「沒到過日光別說此生已滿足[98]」。

當然，拿坡里也是此生必訪的美麗城市而有此說法。西元 79 年爆發、

---

97　梅毒（ばいどく）。
98　日光を見ずして結構と言うな。

活埋龐貝城的維蘇威火山就在附近，這座火山從未停止活動，但還是值得冒生命危險，見識這個義大利南部第一大城市之美。

話說回來，如此名城又怎麼會成了梅毒的別名？當時的歐洲流行大陸巡遊（grand tour），尤其在 18 世紀被視為是英國貴族和富豪子弟教育學程裡的一環。拿坡里當然是必到之處，這裡有歐洲首屈一指的花街柳巷，不少人在這裡荒淫度日，最後感染梅毒死去。因此有人認為 See Naples and then die. 的說法是由此而來，即「感染梅毒死去」。一開始還懷疑這是什麼異想天開的說法，現在則覺得很有道理。

說起梅毒，當時的歐洲還為了「梅毒是接觸性感染，還是空氣感染？」引發很大的爭議，原因是修道院裡也流行起梅毒，那肯定是空氣感染！——還真是毒辣的黑色幽默。

# 近代篇

# ──茶黨事件──

英國在北美東海岸建立的十三個殖民地[99] 裡，最先設立「殖民地議會」的是維吉尼亞州，其他殖民地也相繼被允許有一定程度的自治權。

距移民先鋒抵達美洲大陸的 16 年後，麻薩諸塞州在 1636 年創辦了一所大學，1638 年為感念清教徒牧師約翰‧哈佛（John Harvard，1607–1638）的捐贈，改名哈佛大學（Harvard University）。

新天地不斷上演原住民和移民之間的土地糧食糾紛，殖民國的英法之間也發動殖民地爭奪戰「英法北美戰爭」，由於法國與和原住民結盟對抗英國，英語又稱 French and Indian War（1754–1763）。

英國在這場戰爭取得勝利，順利擴大北美領地到加拿大和密西西比河東側。但本國為減輕這場戰爭所造成的財政赤字，對殖民地賦斂無度，並通過《茶稅法》（Tea Act）讓財政困難的東印度公司取得殖民地紅茶專賣權，妨礙殖民地在歐洲大陸的自由貿易與產業發展，引來猛烈抗議。

不滿的情緒在 1773 年引爆波士頓茶黨事件（Boston Tea Party），約五十個住民襲擊停靠在波士頓港的東印度公司貨輪，把三百多箱的茶葉投入海中以示抗議。據說當時紅茶把港灣的海水染成了棕色。

英國於是採取封鎖波士頓港、限制殖民地自治權等強硬措施做為報復手段，殖民地因而在 1774 年成立大陸會議（Continental Congress），抗議英國侵害殖民地權利和自由，宣布和本國斷絕通商。

走入歷史的 Tea Party「茶黨」一詞，在進入 21 世紀後又重出江湖。2009 年美國保守派發起社會運動 Tea Party movement「茶黨運動」，指稱 2008 年金融危機之後誕生的歐巴馬政權所採取的金融機構救濟措施，以及醫療保險制度改革法案（俗稱 Obama Care，歐巴馬健保法）等 "大政府" 政策是社會主義的做法，透過草根性運動強加反對，促成共和黨在 2010 年 11 月期中選舉的大躍進。

茶黨運動的 TEA 又指 Taxed Enough Already（已經很多稅了、稅已經收夠了）的縮寫，但這可能是後來才附加的。


## ──約翰漢考克的親筆簽名──

1775 年，為時八年的美國獨立戰爭揭開序幕，過去叫 War of American Independence，現在又叫 American Revolution（美國獨立革命）或是 Revolutionary War（革命戰爭）。

相對於英國在這場戰爭裡派遣的三萬大兵，由大陸會議組織、任命喬治・華盛頓（George Washington，1732–1799）為總司令所率領的正

---

99 又稱北美十三州（Thirteen Colonies），是 1776 年獲得英國批准獨立宣言、成立美利堅合眾國的十三州，包括維吉尼亞州、麻薩諸塞州、馬里蘭州、康乃迪克州、羅德島州、南・北卡羅來納州、紐約州、新澤西州、德拉威州、新罕布夏州、賓夕法尼亞州、喬治亞州。

規軍「大陸軍團」（Continental Army）一開始只有一萬二千人。

在此之前，殖民地並沒有軍隊組織，只有守護各地的民兵部隊。雖然英軍向來把民兵視為輔助兵力，但是獨立戰爭開打之後，幾乎所有的民兵都投效到大陸軍團。華盛頓成功指揮正規軍和沒有作戰經驗的民兵，取得優勢。另一方面，大批支援美國的義勇軍也從歐洲趕到。

1776 年 7 月 4 日，殖民地代表在費城（Philadelphia）簽署脫離英國統治的獨立宣言（Declaration of Independence），文中融入了哲學家約翰・洛克（John Locke，1632–1704）在英國光榮革命時主張「人民有權抵抗不法統治」的思想，全文主由湯瑪斯・傑佛遜（Thomas Jefferson，1743–1826）起草。

最先簽名的是大陸會議議長約翰・漢考克（John Hancock，1737–1793），特意把自己的署名寫得又粗又大，好讓英王喬治三世[100]不用帶眼鏡也能看得清清楚楚。此後 John Hancock 一詞等同 signature「簽名、署名」，例如 'Put your John Hancock on this document.' 是「請在這份文件上簽名」。順便一提，知名演員、體育選手和作家等在簽名板上的「親筆簽名」叫 autography。

1787 年，制憲會議發布美利堅合眾國憲法（Constitution of the United States of America）草案，於隔年生效，美國成了以民主為基礎的共和國（republic），採大幅放寬各州自治權但強化中央政府權限的聯邦制度（federalism），行相互制衡的三權分立：由總統率領的政

府行使「行政權」executive power、聯邦議會（國會）執「立法權」legislative powers、最高法院掌「司法權」judicial power。華盛頓也在 1789 年就任第一位美國總統，四年後再度當選，任期到 1797 年。


## ──自力移動的蒸氣火車──

18 世紀英國發生工業革命（Industrial Revolution），不斷推陳出新的紡織機實現了優質棉織品的大量生產、1769 年詹姆斯·瓦特（James Watt，1736–1819）改良蒸汽機為機械提供動力、1806 年美國人羅伯特·富爾頓（Robert Fulton，1765–1815）成功建造第一艘外輪式蒸汽船[101]、1814 年喬治·史蒂芬生（George Stephenson，1781–1848）製造出蒸汽動力火車後，1830 年全球第一條專為蒸汽車行駛的市間鐵路「曼徹斯特－利物浦」在英國開通。

早期藉火力產生蒸氣牽引車廂的火車叫 steam locomotive（雖然日本將其簡稱為 SL，但 SL 是只在日本講得通的和式英語）。locomotive「火車頭」源自近代拉丁語 *locomotivus*，由 *locō* “場所” ＋ *mōtīvus* “移動” 組成，進而從 “移動” 演變成 “具有動力” 的意思。因此 locomotive 還有「自力移動的」意思，例如 'an animal that is locomotive at birth' 是「一出生就能自力行走的動物」。

另一個取用 locomotive 變成和製英語的詞是，日本整形外科學會在

**100** George III，1760 年登基為大不列顛國王，1801 年因大不列顛與愛爾蘭組成聯合王國，成為聯合王國國王，直到 1820 年。

**101** 富爾頓的外輪式蒸汽船「克勒蒙號」（Clermont）壟斷了當時紐約州整個水域的航運業務，於 1807 年開始了紐約和奧爾巴尼（Albany）之間的定期航班業務。

2007 年提出的「運動器官症候群」locomotive syndrome，指的是「骨頭、關節、肌肉和神經等支撐身體活動的運動機能退化，形成需要有人照護或是只能躺臥在床的危險狀態」。該詞是沿用 locomotive organ「運動器官」的說法而來。

# ──華氏與攝氏──

18 世紀隨自然科學發展，德國物理學家華倫海特（Daniel Gabriel Fahrenheit，1686–1736）開發了測量溫度的溫標，以自己在屋外能測得的最低溫設為 0 度，把自身體溫固定在 100 度，再進一步把水的凝固點和沸點各定在 32 度與 212 度，中間以 180 等分之，每等分為華氏 1 度。[102]「華氏溫標」Fahrenheit 以頭文字的 °F 來表示，日語的「華氏」稱呼則是來自中文的「華倫海特」音譯。

美國科幻作家雷・布萊伯利（Ray Bradbury，1920–2012）的經典名著《華氏 451 度》（Fahrenheit 451，1953）是以虛構的國度為舞台，那裡除了禁止人們閱讀，就連被發現持有「書」這種東西也會遭到逮捕，因為當政者認為書會帶來有害的資訊，擾亂社會秩序。小說裡的主角是負責逮捕書本持有者與焚書的打火員，他逐漸對自己的工作感到懷疑，而華氏 451 度就是書籍燃燒的溫度。

另一種溫標是以瑞典天文學者安德斯・攝爾修斯（Anders Celsius，

1701–1744）為名的「攝氏」Celsius，又叫 centigrade，以℃表示。在日本同樣沿中文音譯稱為「攝氏」。攝氏溫標經客觀嚴謹的科學實驗，把水的凝固點定在 0 度、沸點在 100 度，比華氏更能準確測量溫度。

華氏和攝氏之間的換算公式很多，本人最常用也最簡單的是：華氏＝（攝氏溫度 × 1.8）＋ 32。換算回來，攝氏＝（華氏溫度 –32）÷ 1.8。

另一個好方法是，用身體感受大致掌握兩種溫標。例如 30°F 的「寒冷晨間」是零下 1.1℃、「舒適的秋天」所代表的 60°F 是 15.6℃、「夏日白天氣溫」是 90°F 和 32.2℃、「炎炎夏日」又或「感冒發燒的體溫」為 100°F 和 37.8℃等。只要把握這些原則，去到美國的時候也能對當地使用的華氏溫標有個大概的了解。

## ——琥珀摩擦產生靜電——

electricity 是「電流、電力、電學」，源自希臘語的 "琥珀" *ēlektron*，因為摩擦琥珀會產生靜電。

眾所周知避雷針是由班傑明・富蘭克林（Benjamin Franklin，1706–1790）於 1757 年在雷鳴時放風箏，證實閃電是放電現象所發明的，他除了是美國政治家兼物理學者和氣象學者，也是起草美國獨立宣言的

---

102 關於華倫海特製訂溫標的說法不只一種，本書舉的是其中之一。之所以把 0 度設在水的冰點之下，是為了避免當時用羅氏溫標測量時，日常溫度出現負值的不便情形。

委員會主要成員之一。

1791 年義大利解剖學者路易吉・伽伐尼（Luigi Galvani，1737–1798）用電流觸擊死掉的青蛙時，蛙腿突然踹了一下，從而發現生物神經細胞傳遞信號給肌肉的方法是藉助電流（電脈衝）。伽伐尼的名字因而成了英語 galvanize「用電流刺激」的由來，後來又擴大解釋成「以某種方式激勵人心、激起」的意思，例如 'The news galvanized her into action.' 是「那個消息讓她起而採取行動」。

## ──路遙知「馬力」──

進入 19 世紀之後，改良紡織機所帶來的「技術革命」、改良蒸汽機的「動力革命」以及鐵路開通的「交通革命」，引領英國成為大量生產與流通物美價廉工業製品的一大工業國，在當時享有「世界工廠」之稱。

功率單位的「馬力」horsepower 就是在這個時期出現的，原來指的是單匹馬拉車時的牽引力，但據說「馬力」還不如一匹馬實際的拉力。改良設計蒸汽機的瓦特把馬力（HP）的單位定義成「一秒內可把七十五公斤重的東西拉抬到一公尺高度時所需做的功」。 'She has a car with a 200-horsepower engine.' 是「她有台引擎 200 馬力的車」。順便一提，最大輸出可達十萬馬力的原子小金剛[103]，動力足以匹敵大

型客機。

horsepower 還有「能力、才能」的意思，例如 'The university' s engineering faculty is known for its intellectual horsepower.' 是「那所大學的理工學院以成員的智商高而聞名」。

# ——拿破崙的崇拜者——

在法國，1804 年拿破崙（Napoleon Bonaparte，1769–1821）經公民投票選舉，以壓倒性的票數獲得多數支持，即位稱帝，號「拿破崙一世」。拿破崙麾下有個叫尼可拉斯・沙文（Nicolas Chauvin）的陸軍士兵。幾度在戰場負傷仍奮勇殺敵的他，對拿破崙極為崇拜，忠貞不渝。拿破崙為感念他的功勞，親贈榮譽軍刀、勳章，以及豐厚的年金。

英語表「好戰的愛國主義」、「（對特定主義或團體的）狂熱支持」的 chauvinism，便是來自這位法國士兵的名字。chauvinist 是「好戰的愛國主義者」、「極端排他主義者」。

出自人名的 chauvinist，後來又衍生出「性別歧視者」的意思，例如 male chauvinist 是「大男人主義者」、female chauvinist 是「大女人主義者」。有部日英辭典把「亭主關白」一詞解釋為 chauvinistic husband，亦即「奉行重男輕女思想的丈夫」。

........................................................................................................................

**103** 出自日本漫畫界一代宗師手塚治蟲的長篇科幻同名作品。

那麼懼內的「嬤天下」[104] 成員又叫什麼？答案是 henpecked husband。henpecked 是形容詞「老婆當家的、牝雞司晨的」，拆成被「hen（母雞）＋ peck（啄）」來看，還真是容易理解。

## ──美國是山姆大叔──

1800 年湯瑪斯‧傑佛遜當選第三任美國總統，於 1803 年成功向法國收購密西西比河以西的路易斯安那。1819 年美國又從西班牙手上取得佛羅里達。[105]

當時美國在英法對立的拿破崙戰爭（Napoleonic Wars，1800–1815）裡一直採中立立場，但是英國為了抗衡拿破崙的大陸封鎖，對法軍展開海上封鎖，妨礙到美國通商自由，對美國經濟造成重大打擊，進而引發 1812 年英美戰爭（1812–1814），在美國又稱「第二次獨立戰爭」，但英國只用 War of 1812（1812 年戰爭）來稱之。

這場戰爭說穿了是英美兩國的土地爭奪戰，而他們掠奪的是原本屬於美洲原住民的土地。原住民為了抵禦美國從他們手上奪去更多的土地而與英國聯手，形成部分地區出現原住民部族相互廝殺的代理戰爭現象。這場戰爭也喚起美國人橫跨州際的公民自覺（國家意識）。

美國有個擬人化的稱呼叫 Uncle Sam「山姆大叔」，就是在這個時期

---

104 相對於男人當家的日語「亭主關白」（ていしゅかんぱく），老婆當家是「嬤天下」（かかあでんか）。

出現的。即便到了現在，每逢國慶或選舉期間，總少不了頭戴大禮帽、身穿禮服，滿身星條旗裝扮的白鬚老人海報或真人扮相，那就是山姆大叔。

　　據說這個稱呼是來自紐約州有個叫 Samuel Wilson 的肉商，人人叫他 Uncle Sam。這位大叔在英美戰爭期間，基於美軍要求，大量批發肉品給軍隊。由於裝肉的木桶上印有 United States 的縮寫 "U.S."，被士兵開玩笑說是「山姆大叔的簡稱」，因而成了美國的綽號。美國聯邦議會也在 1961 年的時候表決通過「Samuel Wilson 是 Uncle Sam 的起源」。

## ──傑利蠑螈選區──

　　gerrymander（傑利蠑螈）這個奇妙的單字也是在這個時候產生的。

　　話說當年麻薩諸塞州州長艾爾布里奇‧傑利（Elbridge Gerry，1744–1814）為了在下一次選舉中製造有利於自己政黨的情勢而重新界定選區邊界線。他所劃分的新選區形狀細長而怪異，看起來就像傳說中的「火蜥蜴」salamander（也作「蠑螈」）。新聞記者於是用 Gerry 和 salamander 造出 gerrymander 這個字，指「為政黨利益行不公平選區劃分」、「擅自修改選區劃分」的意思。

---

**105** 美國一連串的領土大躍進始於 19 世紀初。1800 年法國與西班牙簽訂《聖伊德豐索條約》（Treaty of San Ildefonso），西班牙將路易斯安那歸還法國以換取托斯卡尼的領地。傑佛遜派人前往巴黎商談購買路易斯安納時，因為拿破崙疲於爭戰，無法有效管理北美殖民地而以非常便宜的價格賣給了美國，雙方於 1803 年正式簽訂《路易斯安那購地條約》(Louisiana Purchase Treaty)。此舉引來西班牙的不滿，除了美、西邊界認定不一，法國亦未履行《聖伊德豐索條約》，西班牙因而不承認美國擁有土地的事實。美國屢次出兵美西邊界，直到 1819 年美西雙方簽訂《亞當斯－奧尼斯條約》（Adams-Onis Treaty），美國取得佛羅里達後才暫停爭執。

像 gerrymander 這種利用不同單字組成的「混成詞」叫 portmanteau word，現在多省略 word，直接以 portmanteau 來表示。

其實 portmanteau 本身也是由法語的 *porter* "搬運" 和 *manteau* "披風" 組成，原指「打開後分成兩邊的合成式皮箱」，轉而借用成 "語意二合一" 的「混成詞」。該字首先出現在英國兒童文學與數學家路易斯・卡羅（Lewis Carroll，1832–98）的著作《愛麗絲鏡中奇遇》（Through the Looking-Glass, and What Alice Found There，1871）[106]。

其他混成詞的例子還有結合早餐（breakfast）與午餐（lunch）的「早午餐」brunch；結合煙（smoke）和霧（fog）混成的「煙霧」smog；以及來自汽車（motor）和飯店（hotel）的「汽車旅館」motel 等。

## ——吞食烏鴉的恥辱——

eat crow（吞食烏鴉）是發生在英美戰爭期間的真實故事。一位美國士兵在休戰期間因狩獵誤闖英軍陣營，當他用槍擊落一隻烏鴉時，槍聲也引來了英國軍官。在稱讚美國士兵槍法精準之後，英國軍官又問士兵「那槍看起來不錯，能不能借我看一下？」士兵不疑有他地交出手上的槍後，軍官的態度立即出現一百八十度轉變，用槍抵著士兵，命令他生吞擊落的烏鴉。

在美國士兵迫不得已生吞烏鴉之後，英國軍官把槍還給了他。這下情勢出現逆轉，換成士兵用槍威脅軍官生吞烏鴉。

隔天英國對美軍的 "非法入侵" 表達抗議，美國士兵在接受上級調查之後承認確有其事而留下 eat crow 的記錄，現在仍用來指「承認自己的錯誤，甘願忍受恥辱」的意思。

相同意思也可用 eat humble pie 來表達。過去在英國有個習慣是，領主獵到鹿的時候，鹿肉除了領主和家人，也用來招待客人，剩下的內臟則分給僕人做成派食用。做成派的原因是，直接燒來吃的味道令人難以下嚥。

鹿的「內臟」叫 umbles，又作 numbles，從這裡又變化成「卑微的」humble，進而有了 eat humble pie 的說法，是「賠罪、道歉」的意思。有本日英辭典寫到「eat crow ＝ eat humble pie ＝ eat shit」，最後一個是吃什麼，就不多解釋了。


# ── OK 的語源 ──

美國第五任總統詹姆斯・門羅（James Monroe，1758–1831）在 1823 年發表門羅宣言（Monroe Doctrine），提到「反對歐洲各國干涉美國，而美國也不介入歐洲事務」，意指「美國在歐洲戰事中持中立立場，

---

**106** 為《愛麗絲夢遊仙境》（Alice's Adventures in Wonderland，1865）的續集。

反對列強在美洲大陸新設殖民地，任何介入美洲事務的行動皆被視為
與美國敵對的行為」。

第七任的安德魯‧傑克森（Andrew Jackson，1767-1845）是美國第
一位民主黨出身的總統。他在 14 歲就成了孤兒，於英美戰爭開打之後
加入大陸會議軍，陸續累積輝煌戰功後成了"英雄"。當他成為美國
總統之後，傑克森積極開拓西部，並賦與所有白人男性選舉權等發展
民主主義，因而誕生了「傑克森民主」Jacksonian democracy 一詞。

傳聞 OK 這個字是傑克森創造的。他在簽署文件時把 All Correct（全
部正確）誤寫成 Oll Korrect，後來簡寫成 OK。不過，傑克森雖然因為
孤兒的身分未能接受正規初等教育，但還是苦學當上法官，最後坐上
總統大位。很難想像擁有這般經歷的人會犯下如此簡單的拼字錯誤。

也許是因為這樣，還出現另一種說法是，傑克森會在事務處理耽擱
的文件上標註"OR"代表已經按序收件（Order Received），OK 一詞
可能出自旁人誤把 OR 看成 OK 的結果。

繼傑克森之後的第八任總統馬丁‧范布倫（Martin Van Buren，
1782-1862）也是諸多 OK 由來傳說的主角之一。在競選連任活動裡，
范布倫的後援會成員以他的綽號 Old Kinderhook（出自本人出生地
的紐約州 Kinderhook）把後援會取名為 O.K. Club，呼籲選民投票給
O.K.（Vote for OK），也讓 OK 廣為流傳。另有一說是來自美洲原住
民巧克陶族（Choctaw）的語言 okeh "正是那樣"。總之，關於 OK

的語源，族繁不齊備載。

OK 雖然好用，但也是個曖昧的用辭。我的美國朋友有次在澳洲雪梨的餐廳喝咖啡時，跟店員產生了 "OK" 認知上的些微差異。當女服務生問他 "Would you like more coffee?"（再來一杯咖啡嗎？）時，他用 "I'm OK." 回絕，但對方還是在他的杯子裡注入咖啡。這就好像外國人也經常搞不懂日本人的「結構です」究竟是 "好" 還是 "不好"，所以以我來說，在表示肯定（Yes）的情況下，會在句尾加個「ね」（ㄋㄟ）。

如果是這種可以一笑置之的小插曲，倒也還好。1977 年曾發生對 OK 的認知不同而導致重大傷亡的事故，地點在西班牙領地加那利群島的特內里費機場，當時有架飛機正準備起飛，塔臺因為聽不清楚荷蘭人機長的對話，於是交待對方 "OK, stand by for takeoff. I will call you."（OK，等待起飛，我會再呼叫你）。

機長聽到 "OK" 以為可以起飛了，便加速前進，結果與同一條跑道上正在移動的其他客機發生衝撞，造成 583 人死亡的憾事。

# ──49 人淘金客的夢想──

1845 年從墨西哥獨立的德克薩斯共和國（Republic of Texas）加入美國聯邦，成了隔年引爆美墨戰爭（Mexican-American War，1846

–1848）的導火線，迫使戰敗國的墨西哥永久割讓加州給美國。

加州淘金熱（gold rush）的序曲正好起於美墨戰爭結束的 1848 年，一位叫詹姆斯·馬歇爾（James Marshall）的男子在加州北部內華達山脈的美國河沿岸發現金沙，風聲一下傳遍各地，從世界各地湧來高達三十萬名想要一圓淘金夢的人。這群淘金客又有 forty-niners 之稱，標註為 49ers，因為淘金熱爆發的時間是在 1849 年。

在這場淘金熱裡也有日本人的身影，那就是本名中濱萬次郎的 John Manjirō（1827–1898）。萬次郎本是土佐的漁夫，出海捕魚時遇到颱風，漂流到無人島上，幸而被美國捕鯨船救起。船長威廉·惠福爾德（William H. Whitfield）賞識他的聰明，並基於本人的願望帶他去美國、收為養子。萬次郎在學校很熱心學習英語、數學、測量以及航海術等。為了籌措回日本的資金，他也前往舊金山加入淘金行列，在七十天內賺進六百美元，相當於現在的五百四十萬日圓。

再分享一則跟淘金熱有關的故事——牛仔服飾品牌 Levi' s 的誕生。創始人李維·史特勞斯（Levi Strauss）著眼於淘金客的褲子很容易就破損，便利用帳篷布與馬車篷的帆布做成耐穿的褲子，很快地在礦工之間成為人氣商品。

# ──美國南北戰爭──

自從伊萊‧惠特尼（Eli Whitney，1765–1825）在 18 世紀末發明可將棉花種子與纖維分開的軋棉花機後，美國南部對英國的棉花輸出也隨之增長，從而需要大量從非洲來的黑奴充實勞動力。南方幾個州想把奴隸制度擴大到西部，但是在工業革命帶動資本主義發達的北方各州，不少人就人道精神的觀點持反對意見。

1860 年提倡廢止奴隸制度的共和黨員亞伯拉罕‧林肯（Abraham Lincoln，1809–1865）獲選第十六任總統（任期 1861–1865），南方各州於是決議脫離聯邦政府，在 1861 年創建 Confederate States of America（美利堅聯盟國，又叫南方聯盟），推舉傑佛遜‧戴維斯（Jefferson Davis）擔任總統，促成南北戰爭（American Civil War，1861–1865）的開端。

北方除了人口優勢，工業發展也凌駕在南方之上，有許多製造武器、彈藥和衣物品的工廠，因而有不少人認為這場戰爭很快就會結束。但南方有許多像李將軍（Robert E. Lee，1807–1870）這樣優秀的軍事人才，讓北方軍隊意外陷入苦戰。

## ——死線等同最後交期——

工作等必要在某個時點之前完成的「截止期限」叫 deadline，出自南北戰爭時期。當時在軍隊駐紮的營區裡設有收容戰俘的牢房，並在離監獄方圓十七英呎處畫線，一旦越過此線將立即遭到射殺。這就是 deadline（死線）的由來。

從這裡演變成現在絕不可延遲的「最後交期」之意，但現在企業對外派發工作的時候，通常會多抓一點時間，把交期提早，deadline 也就變得不那麼嚴謹，接單企業就算遲交，也不至於有跨越"死線"的危險。

## ——將軍的鬍子——

鬍子大有學問，根據形狀和長的地方而有不同的稱呼，長在嘴脣上邊的短鬚叫「髭」、下巴或嘴邊的叫「鬚」、兩頰的叫「髯」。

英語也有 mustache「髭」、beard「鬚」和 whisker「髯」等分類，其他還有叫 sideburns 的特殊形態，是髭與鬚相連到鬢角，但下巴剃得乾乾淨淨的落腮鬍，又叫「連鬢鬍子」，取自南北戰爭時北軍將軍安伯斯·本塞（Ambrose Burnside，1824–1881）的名字，但不知為什麼人名（Burnside）跟鬍子（sideburns）的英語是相反的。從本塞將軍的

照片，確實可以看到從鬢角
到兩頰的鬍子厚厚隆起，看
起來有點像鬆獅犬。

有髭、有鬚但雙頰光溜溜
的 叫 imperial beard「皇帝
鬚」，很多是下巴留長，把
髭的末端修得尖尖的（像俏
鬍子）。

另有 17 世紀以身為英格
蘭國王查理一世宮廷畫家
遠近馳名的安東尼·范戴
克（Anthony Van Dyck，

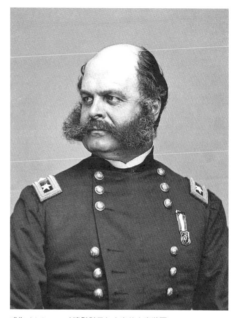

成為sideburns（連鬢鬍子）由來的本塞將軍

1599–1641）[107] 在國王肖像裡加入當時流行的短山羊鬍而來的鬍子，叫
Vandyke beard「尖鬚」。

───將軍與娼婦───

在南北戰爭期間誕生的另一個單字叫 hooker，「妓女」的意思，雖
然同義字還有 prostitute 和 whore（都叫娼妓）、call girl（電話應召女
郎）和 streetwalker（街頭拉客的妓女）等，但 hooker 是出自南北戰爭

107 范戴克的畫風影響了英格蘭肖像畫逾兩百年。

裡北軍少將約瑟夫・胡克（Joseph Hooker，1814–1879）的名字。

胡克因為好戰而被冠以 Fighting Joe 的綽號，喜歡對敵人採取死纏爛打的戰術。在他的指揮下，北軍大敗虧輸的次數不下一、兩次，造成嚴重的人員傷亡。即使如此，胡克在改善軍隊食宿衛生狀態方面還是受到很高的評價，除了一個大問題是，他在華盛頓特區附近的兵營被揶揄是「酒吧和妓院的組合」。就這樣，Hooker 的名字不以功勳，而以不名譽的「娼婦」一詞流傳後世。

## ——蓋茨堡演說——

1863 年林肯總統發表《解放奴隸宣言》（Emancipation Proclamation），命令南軍統治的區域解放奴隸。同年北軍在蓋茨堡戰役（Battle of Gettysburg，1863 年 7 月 1 日 –3 日）中獲勝，成為美國內戰的轉捩點。

蓋茨堡戰役結束後的四個月，原地舉行了蓋茲堡國家公墓（Gettysburg National Cemetery）建造完工儀式。最先發表演說的是，有駐英大使和國務卿經歷的前哈佛大學校長愛德華・艾弗里特（Edward Everett，1794 –1865）。這位年近古稀、以雄辯口才聞名的老先生，一說就是一小時又二十分鐘。

相對地，第二位上台的林肯總統，演說不到兩分鐘，而且聲音低沉的關係，幾乎沒有引起在場人士的注意。幸好有一旁的新聞記者勤做筆記，才使得展現民主精髓的 "Government of the people, by the people, for the people" 得以流傳，成為不朽名言。林肯最後以 "…shall not perish from the earth." 為這場演說劃下句點，史稱「蓋茨堡演說」Gettysburg Address。節錄這段內容的中文翻譯是「這個民有、民治、民享的政府將永續長存」。

不過這句名言並非林肯原創，而是引用自哲學家兼牧師的提爾多·派克（Theodore Parker，1810–1860）的著作，派克也是借用遠近馳名的雄辯家兼政治家與法律專家的丹尼爾·韋伯斯特（Daniel Webster，1782–1852）在 1830 年發表的演說 —— 'The people's government made for the people, made by the people, and answerable to the people.'（為人民而創、由人民所創，以及對人民負責的人民政府）—— 感覺韋伯斯特的英語容易理解得多。

## ——不要在渡河途中換馬——

1864 年林肯再度受到共和黨提名為總統候選人，準備競選連任，但這個時候南北戰爭還在持續中，有不少人反對黨內提名結果。林肯在接受提名的演說中用 "Don't swap horses in midstream."（不要在河的中間換馬）將南北戰爭比喻為激流，呼籲黨員在橫渡激流的途中，應

固守方針、維持原狀以渡危機。

　　一個半世紀後的今天，這句名言仍然耳熟能詳，只是多了不同版本。有的用 change 或 switch 來取代「更換」的 swap，也有把「在河中央」的 in midstream 改成 while crossing a stream（在渡河的時候）的。

　　2013 年日本公開上映由史匹柏執導的電影【林肯】（Lincoln），描述林肯為了讓 1863 發表的《解放奴隸宣言》從暫時法變成不隨戰爭結束而失效的永久法，奔走說服議會通過《憲法第十三條修正案》到暗殺身亡前的心路歷程。

　　電影的時代背景設定始於戰況對北軍有利，但仍持續激烈交戰，有眾多人員傷亡的時候。共和黨內反對林肯的人不在少數，面對「如果現在就放棄廢止奴隸制度，戰爭隨時都能停止」的各種責難，林肯仍然堅決不妥協。

　　他不斷奔走，說服黨內的反對派，又極力爭取在野的民主黨支持，因為民主黨裡有許多反對廢止奴隸制度的議員。林肯甚至使出幕後手段，掌握對其他議員具影響力的民主黨要員，終於讓解放奴隸的修正案有機會進入表決。

　　在觀賞這部電影的時候，我差點沒從椅子上跌下來──原來當時強力反對廢奴的，竟是第一位黑人總統歐巴馬（Barack Obama）出身的民主黨。真是諷刺的歷史轉變。

# ──惹人厭的名字──

1865 年林肯連任成功，於同年 3 月 4 日宣誓就職。4 月 3 日美利堅聯盟國首都里奇蒙（Richmond）淪陷，9 日南軍總司令官李將軍投降，實質結束南北戰爭。

4 月 14 日晚上林肯在華盛頓特區的福特劇院看戲時遭到暗殺，於隔日早晨宣告死亡。暗殺者約翰·威爾克斯·布斯（John Wilkes Booth）是戲劇界知名的莎士比亞演員，同時也是南方聯盟的支持者。

布斯從背後射擊坐在包廂裡的林肯之後，騎乘事先在劇院後方準備好的馬逃走，卻不小心在這個時候弄傷了腿。當晚一位名叫山繆·穆德（Samuel Mudd）的醫生那裡，有個腿部骨折的男子前來就醫，做完診療後男子就離開了。隔天穆德醫生和妻子從報上驚訝得知林肯遇刺的消息，原來昨晚的病患就是凶手。穆德立刻前往警局報案，說明昨晚遇到的可疑的病患。但軍方後來以共謀的罪名逮捕穆德，交送軍事委員會審問，穆德最後被判無期徒刑。

根據裁判記錄，穆德是南軍情報人員，在治療布斯的腿傷後，偷偷助其逃往同夥那裡。史上第一宗總統暗殺事件震驚了美國社會，遭逮捕的穆德也受到輿論猛烈抨擊，因而出現了 *one's* name is mud（某人的名字叫穆德）的說法，是「名譽掃地」、「非常不受歡迎」、「氣數已盡」的意思。例如 'Because of the bribery scandal, the governor's name is mud.' 是「賄賂的醜聞讓那個州長的聲譽一落千丈」。

# ──四十英畝地和一頭騾子──

就在南北戰爭快要結束的時候，北軍少將威廉·薛曼（William Sherman，1820–1891）宣布「土地特例法」，將提供 forty acres and a mule（四十英畝地和一頭騾子）給住在南卡羅來納州、喬治亞州和佛羅里達州等北大西洋沿岸的解放黑奴。

但是在林肯暗殺事件後繼任的第十七任總統安德魯·詹森（Andrew Johnson，1808–1875）立刻取消該特例，之後 forty acres and a mule 在美國成了「打破承諾」的代名詞。

說起 1960 年代領導美國黑人運動的代表人物，莫過於金恩博士（Martin Luther King，1929–1968），是主張經由非暴力行動爭取非裔美國人公民權利的英雄。與之對照的人物是，主張暴力有其必要性的麥爾坎·X（Malcolm X，1925–1965），或許有讀者曾經看過以他為主角的同名電影。導演史派克·李（Spike Lee）把自己的製片公司取名為 40 Acres & A Mule Filmworks。

2008 年歐巴馬當選第一位黑人總統時，知名的非裔記者賴瑞·偉摩爾（Larry Wilmore）上【The Daily Show】節目演出時很諷刺地說 "We would have been happy with 40 acres and a mule." ，大意是說「我們黑人只要能按約定拿到四十英畝的土地和一頭騾子就很滿足了，哪還想過有當上總統的一天」。

# ──不列顛治世──

這裡把焦點稍微移向英國。19 世紀的英國在工業革命之後，邁向身為「世界工廠」的鼎盛繁榮。這時剛好跟維多利亞女王（Victoria，在位期間 1837-1901）的時代重疊，有 Pax Britannica「不列顛治世」之稱。

英國的歷代國君多有醜聞，而維多利亞女王堅定踏實的個性為她贏得「大英帝國之母」的稱呼。當時英國在世界各地擁有殖民地，留下許多以女王為名的地名和名勝，像是加拿大卑斯省（British Columbia of Canada）省府的維多利亞（Victoria）、澳洲的維多利亞州（Victoria）、香港的維多利亞港（Victoria Harbour）、非洲的維多利亞湖（Lake Victoria）與維多利亞瀑布（Victoria Falls）[108] 等。

維多利亞女王時代的 1851 年，萬國博覽會首度在倫敦舉行，據說有四十個國家參與展出，參觀人數累計超過六百萬人，英國也藉機向世界誇示其強大的工業和經濟能力。

---

108 維多利亞湖位於中非東部，是非洲最大的淡水湖，面積僅次於北美洲五大湖之中最大、也是世界第一大淡水湖的蘇必略湖（Superior Lake）。維多利亞瀑布介於辛巴威與尚比亞之間，是世界三大瀑布之一。

# ──肺結核與卡介苗──

享世界工廠之稱、謳歌不列顛治世、首度舉辦萬國博覽會的英國背後，有一群為結核病所苦的大都市工廠勞動者，領著無法維持最低限生活品質的微薄薪水，被迫在惡劣的工作環境下，進行長時間的嚴酷勞動。當時倫敦每五人就有一人死於這種病。

「結核病」tuberculosis 簡稱 TB，起因結核菌在肺部形成的小小突起物叫「結節」tubercle。tuberculosis 是「結節之病」的意思。

發現結核菌的是德國細菌學家羅伯‧柯霍（Robert Koch，1843–1910），並於 1890 年發現利用「結核菌素」tuberculin 檢查有無結核菌的方法。結核菌素是培養結核菌製成的透明褐色液體，「結核菌素反應」的英語叫 tuberculin reaction。[109]

預防結核病的疫苗直到 1921 年才正式問世使用，由法國巴斯德研究院的卡麥特（Albert Calmette）和介嵐（Camille Guérin）經十三年的研究，終於從牛體的結核菌成功培養出來。因而又以「卡介苗」Bacillus Calmette–Guérin（卡麥特和介嵐的細菌）為名，簡稱 BCG。

# ─遭到集體抵制的杯葛─

　　愛爾蘭在克倫威爾領導的清教徒革命期間，事實上已經成為英國的殖民地。1801 年愛爾蘭正式併入大英聯合王國（United Kingdom），成為大不列顛暨愛爾蘭聯合王國（United Kingdom of Great Britain and Ireland）的一部分。但是大部分的愛爾蘭農民只能幫遠在異地的英國人地主耕作，勉強過著貧困的生活。1840 年代後半爆發馬鈴薯饑荒（Potato Famine），短短幾年內就有上百萬名愛爾蘭人移民到美國。

　　1879 年愛爾蘭土地聯盟（Land League）組織成立，由政治家查爾斯・巴奈爾（Charles Parnell，1846–1891）領導，展開廢除英國人地主制與主張土地國有化的激進農民運動。

　　就在土地聯盟成立的隔年（1880 年），一位名叫查爾斯・杯葛（Charles C. Boycott，1832–1897）的英國退役軍官正好來到愛爾蘭。他是代替英國人地主來管理一千五百英畝的土地以及三十八名小農的農場經理，並負責向農民徵收地租。

　　那年收成依然不好，農民要求杯葛調降地租，遭到斷然拒絕，繳不起租金的人還被強行沒收土地、趕出家園。

　　農民因此團結起來，採取集體拒絕耕作和斷絕與杯葛往來的抗議手段，連商店也拒賣東西給他。結果杯葛家裡倉庫存糧遭人盜竊，差點

---

109 結核菌素測驗是以一定量的結核菌素注入動物或人體皮內，察看有無特異的過敏反應現象；人體第一次受到結核菌侵入後，無論是自然感染或人工感染（卡介苗接種），一般在八到十二週後，結核菌素測驗反應由陰性轉為陽性。

沒餓死。在這種情況下還接到一封恐嚇要槍殺其性命的黑函，只好拼老命逃回英國。

杯葛事後對英國《時代》報社（The Times）記者訴說這一連串經過，成了轟動社會的新聞報導。杯葛的名字成為「聯合抵制」和「拒買運動」的動詞和名詞 boycott。原來杯葛是遭到杯葛的人。

## ──流汗與靈感──

美國人湯瑪斯・愛迪生（Thomas Alva Edison，1847–1931）在 1877 年因發明「留聲機」phonograph 而聲名大噪。

從紐約賓州車站（Penn Station）搭乘新澤西交通（New Jersey Transit）的郊外電車前往普林斯頓大學（Princeton University）途中，會經過 Edison 站。1876 年到 1887 年間愛迪生的實驗室就設在該車站附近有一小段距離的門羅公園（Menlo Park），因而取名為「愛迪生」站。門羅公園實驗室不但將留聲機和電話等商品化，還利用日本竹做成的燈絲開發出白熾燈。該實驗室將點燈所需的發電機、保險絲和插座等一連串裝置實用化之後，不顧瓦斯燈業者的反對，盛大舉行白熾燈點燈示範活動，獲得好評。這段期間是愛迪生最富盛名的時候，被取了「門羅公園精靈」（The Wizard of Menlo Park）的綽號。

愛迪生有句名言是 "Genius is one percent inspiration and ninety-nine percent perspiration." （天才是一分靈感加九十九分努力）。inspiration 是「靈感」，perspiration 在這裡雖然解釋為「努力」，但真正的意思是「汗水、流汗」。用更高級的 perspiration 來取代一般常見的 sweat，更加深名言的分量。

有人認為這句話是在強調努力的重要，但也有持相反意見的看法：沒有一分的天才，再怎麼努力也沒用。

讀者們大概也已經注意到這句名言裡押了兩個韻，各是 inspiration 和 perspiration 的 -spiration，以及 percent 和 perspiration 的 perce- 與 pers-。愛迪生真能在瞬間就能想出如此優美的疊韻嗎？據說愛迪生是在接受新聞記者採訪後的隔天，在報紙上看到這句話的。本人後來也回憶道：「當時確實有提到那樣的意思，但⋯⋯」。

# ——英國的砲艦外交——

把焦點轉向歐洲的話，可以發現 19 世紀後半是以英國為首的歐洲列強相競擴張殖民的時代。gunboat diplomacy「砲艦外交」一詞就是在這個時期誕生的，反映出當時列強的外交手法是把船駛進殖民地對象的港灣，利用大炮襲擊威脅當地統治者和居民的同時，也展開雙方對話，以推進自身的占領策略，又或逼迫對方簽定不平等條約等。

　　1840 年清朝和英國之間爆發鴉片戰爭（Opium War，1840–1842）時，英國軍艦也從海上向陸地進行猛烈炮擊。該戰爭起因於貿易失衡，當時英國對進口中國茶葉的需求急速增加，但是工業革命之後本國大量生產的棉製品在中國滯銷。英國單向以白銀做為進口支付中國茶葉的代價，大量白銀從英國流向中國，造成國內經濟陷入困境。

　　英國於是想到利用三角貿易（triangular trade）來解決問題：在印度製造鴉片（opium），然後把英國的棉製品出口到印度，在當地購買鴉片後轉賣到中國，用以支付茶葉的錢。

　　吸食鴉片的人口擴大，促使滿清政府查禁燒毀大量鴉片，又命令英國簽下今後不得行鴉片貿易的切結書，主張自由貿易原則的英國於是派遣海軍前來。清朝最後屈服在英國海軍壓倒性的戰力下，於 1842 年簽訂屈辱的《南京條約》，除了賠款、割讓香港、開放包括廣州在內的五口通商，並承認英國的治外法權[110]。

　　說來 1853 年培里（Matthew Calbraith Perry）率領美國海軍艦隊（史稱黑船）來日本時，也從江戶灣開炮。雖然放的是空炮，但炮艦外交也迫使江戶幕府開國，和美國締結《日美和親條約》、《日美修好通商條約》等不平等條約。

---

110 本國人在他國不受所在國的法律約束，仍由本國法律支配的權利。

# 兩次世界大戰篇

# ──巴爾幹半島是歐洲火藥庫──

1914 年 6 月奧匈帝國 [111] 王儲斐迪南大公（Archduke Franz Ferdinand，1863–1914）和妻子在巴爾幹半島波士尼亞首府塞拉耶佛（Sarajevo）遭暗殺。archduke「大公」是哈布斯堡（Habsburg）以及哈布斯堡－洛林（Habsburg-Lorraine）家族出身的王子稱號，地位介於國王與公爵（duke）之間。這宗暗殺事件直接引爆了第一次世界大戰（World War I，又叫 First World War，1914–1918）。

暗殺者名叫加夫里洛·普林西波（Gavrilo Princip）的塞爾維亞青年，也是祕密恐怖組織 Black Hand（黑手黨）[112] 的成員。該組織正式名稱為 Unification or Death（統一或死亡），倡導「大塞爾維亞」思想，發起以塞爾維亞為中心、創建南斯拉夫民族統一國家的民族運動。

當時的巴爾幹半島（Balkan peninsula），除了奧匈帝國併吞住有許多斯拉夫系民族的波士尼亞－赫塞哥維納（Bosnia-Herzegovina）地區，引發抗奧運動頻傳之外，帝國政府也與泛斯拉夫主義的俄羅斯對立，加上德法兩國在這片土地的領土紛爭等，使得半島上各國的利害關係與複雜的列強對立情勢休戚相關，形成一觸即發的狀態。

因此，巴爾幹半島又有「歐洲火藥庫」the powder keg of Europe 之稱。powder 雖然是「粉末」，也有「火藥」的意思。keg 原來是裝啤酒的「小桶子」，之所以稱呼為「火藥庫」，可能是因為直譯成「歐洲火藥桶」

---

**111** Austria–Hungary，又叫 Austro-Hungarian Empire。是 1867 年由奧地利與匈牙利聯合組成的國家。在第一次世界大戰之後分立為奧地利、匈牙利、捷克等三個國家。

**112** Black Hand 是從塞爾維亞語英譯得來的稱呼，不同於電影【教父】系列裡描寫的黑手黨（the Mafia），後者是 19 世紀起源於義大利西西里島，隨世紀末移民潮，勢力延伸到美國等地的犯罪組織。

感覺有點滑稽吧。

　　槍聲一響，奧匈帝國出兵塞爾維亞，德國對法俄宣戰，歐洲陷入戰亂。隨戰爭持續擴大，形成德、奧、鄂圖曼帝國[113]等「同盟國」與法、俄、英等「協約國」對戰的情況。日本也以日英同盟為由，加入協約國參戰，結果東方和西方世界共同捲入這場戰爭。

　　美國一開始秉門羅主義保持中立立場[114]，但 1915 年英國豪華郵輪露西坦尼亞號（Lusitania）開往紐約途中，在無預警的情況下遭德國潛艇U-boat 擊沈，造成一千一百九十八人身亡，其中有一百二十八人是美國人，國內因而傾向參戰。

## ──德國潛艇與坦克──

　　U-boat 的德語叫 *U-Boot*，是 *Unterseeboot* "海底之船" 的簡稱，即「潛水艇」。德國計劃以陸軍為主力展開作戰行動，在海事方面不敵大軍艦主義的英國，因而建造費用較低又能躲避敵軍攻擊的潛艇。可以悄然接近敵軍的大型戰艦可發射魚雷，有效沈擊對方。德國在第一次世界大戰中建造了三百艘潛艇，U-boat 也成為「德國潛艇」的代名詞。

　　國際公法的戰爭法（laws of war）規定，禁止攻擊和戰爭無關的漁船、商船以及中立國的船隻。但是德國不斷對通過自訂戰鬥海域的任何船

---

113 第一次世界大戰結束後，帝國瓦解，領土被列強瓜分託管。1923 年建立土耳其共和國（Republic of Turkey）。

114 參見〈近代篇 OK 的語源〉。

隻發動無限制潛艇攻擊（unrestricted submarine warfare），美國將之視為戰爭犯罪（war crime）而在 1917 年宣布參戰。

　　戰車實際派上用場也是在第一次世界大戰的時候。機關槍等殺傷力強大的武器問世之後，使得陸地戰爭轉成挖戰壕（trench）掩護攻擊的壕溝戰，敵軍若欲強行突破這道防線向後方前進，勢必造成重大傷亡。坦克（tank）就是為了解決這個問題而開發的，不但有厚重的裝甲保護車體、具備火力強大的迴轉式炮臺，履帶設計的車輪（caterpillar track）還可穿越任何地面，暢行無阻。這個 caterpillar 其實就是「毛毛蟲」的意思。

　　tank 被用來指戰車的經過其實很有趣。tank 原先是用來貯水或氣體的「槽子」，戰爭期間英軍為了防止開發新武器的機密外流，先是用「運水車」Water Carrier 做為代號。礙於當時習慣以簡稱來稱呼開發團隊，Water Carrier 的略稱變成 "WC" ＝ water closet 「洗手間」，感覺有點噁。於是把代號改為 Tank Supply（水槽供給），從此開發團隊有了新的名稱 "TS"，tank「坦克」也成了戰車的正式稱呼。

　　當英軍把戰車送到前線的時候，也用「運水槽」tank 的名義，成功把開發新武器的秘密隱藏到最後一刻。

## ──那裡（over there）是指歐洲──

1917 年美國對德國宣戰不久，一首叫＜ Over There ＞（在那裡）的軍歌發表後很快在士兵之間傳唱開來。據說作詞作曲者喬治‧科漢（George M. Cohan）是在搭乘火車旅行美國東海岸的途中，忽然靈感一來，寫下這首歌的。

以 "Johnny, get your gun"（強尼，拿起你的槍）開頭的這首歌，在第二段反覆唱頌 "Over there, over there"（在那裡、在那裡）的歌詞，指的是和美國隔著大西洋彼岸的「歐洲」。在這首歌之後，一般用來指示方向和場所的 over there，也有了「前進歐洲、在歐洲」的意思。但是問了幾個年輕的美國人，竟然無人知道這層意思，真是令人沮喪。

## ──女諜間瑪塔哈里──

瑪塔哈里（Mata Hari）是第一次世界大戰期間活躍於法國巴黎、有馬來人血統的荷蘭舞者，以德國間諜的身分被法軍逮捕之後槍決伏罪。Mata Hari 的本名叫瑪格麗莎‧澤萊（Margaretha Zelle，1876-1917），瑪塔哈里是馬來語 "黎明之眼" 即 "太陽" 的意思。

瑪格麗莎曾經跟一位荷蘭軍官有過一段婚姻，離婚後移居巴黎成了

舞孃，以瑪塔哈里自稱。充滿性感魅力的她跟多位德、法軍官上床，把法國的機密情報流露給德國。據說她在遭到槍決之前，動手解開衣服，裸身挨子彈，成為傳說中的女間諜，也讓 Mata Hari 這個名字成了「女間諜」的代名詞。

活躍於第二次世界大戰的川島芳子（1907–1948）被稱為「東洋的瑪塔哈里」。她是清朝皇族愛新覺羅善耆排名第十四的女兒，本名叫愛新覺羅顯玗。八歲時被擔任皇家顧問的日本人川島浪速收養，在日本長大。十七歲自殺未遂之後，川島芳子斷髮，從此以男裝示人而有「男裝麗人」之稱。以前看黑木美沙主演的連續劇裡，暗示川島芳子的自殺和男性裝扮，起因於曾遭養父性侵的關係。

1927 年川島芳子與蒙古族出身的滿州國軍人甘珠爾扎布結婚，但隨即離婚。前往上海後與駐當地的武官田中隆吉交往，成為日軍情報人員，從事間諜活動。戰後不久被中華民國軍統局逮捕，判處槍決。

## ——凡爾賽條約與美國的繁榮——

1918 年英法美日等協約國勝利，終結了第一次世界大戰。隔年 1919 年協約國代表召開巴黎和會，締結「凡爾賽條約」Treaty of Versailles，規定德國除了喪失所有殖民地主權、必須支付巨額的戰後賠償、歸還法國阿耳薩絲－洛林地區（Alsace Lorraine），在軍備上也受到限制。

同一時期，總部設在瑞士日內瓦（Geneva）、旨在維護世界和平的大規模國際組織 League of Nations（國際聯盟）成立，但德國等戰敗國以及剛結束革命的蘇聯被排除在會員國之外，美國也因為國會強烈反對而未參加[115]。德國雖然在 1926 年被認可加入，在希特勒掌權後的 1933 年退出。1934 年加入的蘇聯也因為出兵芬蘭，在 1939 年遭到除名。

美國在第一次大戰期間，因為對協約國提供物資和經濟支援，賺進龐大利益，由債務國變身債權國，成為國際金融市場的中心。又大戰期間女性投入軍需生產，從家庭走入社會，提高發言權利，在 1920 年爭取到婦女參政權。經濟政策方面也採自由放任原則，景氣一片繁榮。以福特車為代表的汽車化社會、洗衣機和冰箱等家電製品快速普及之下，社會邁向大量生產、消費的時代。廣播、電影和體育競賽等也成為人人時興的休閒活動，迎向大眾娛樂時代。

## ——私釀酒是月之光輝——

讓美國戰後繁榮景氣蒙上一層陰影的是，1920 年到 1933 年實施的《全國禁酒法》National Prohibition Act。這段期間，國內全面禁止酒類生產、販售和運輸，助長了加拿大、墨西哥與加勒比海各國酒精蒸餾、釀造廠的生意，並非法走私到美國。

艾爾‧卡彭（Al Capone，1899-1947）這等黑幫分子因生產交易私

---

[115] 建立共同維護和平的國際性組織雖然是美國總統威爾遜長久以來的夢想，也是威爾遜願意推動美國參戰的重要因素，但國內並不買帳。當巴黎和會於 1919 年 6 月通過《凡爾賽條約》，美國國會在同年 11 月多數否決了《凡爾賽條約》，被列在該條約第一部分的國聯盟約也隨之闖關失敗。1920 年 1 月宣告成立的國際聯盟因為無法阻止第二次世界大戰的爆發，於 1946 年 4 月正式解散。

釀酒而大發利市，引來聯邦調查局（FBI）關注，除了黑白兩道發生多次槍戰，同行之間也經常傳出角力鬥爭，賠上包括無辜市民在內的許多性命。

「私釀酒」的英語因種類而有不同的稱呼，例如啤酒是 home brew，有 "在家釀造" 的意思；波本（bourbon）等威士忌的口語叫 moonshine（月光），傳達出月下無人，仗著月光私釀金黃璀璨的威士忌模樣。moonshine 當動詞是「私釀」，moonshiner 是名詞「烈酒私釀者（或走私者）」的意思。

另一個帶有「私釀酒」含意的單字是「月光」的 moonlight，跟 moonshine 一樣都是從夜裡偷偷釀酒的印象而來，當名詞時跟 moonshine 同指「私釀酒」，當動詞使用時指「買賣私酒」。moonlight 還有「兼差、賺外快」的意思，指的是白天有正業，晚上從事其他工作。但是出於逃稅的想法，或是在領有失業救濟金、生活保護費的情況下，仍秘密工作賺取收入時，也可用 moonlight 來形容。

那麼，「日光」的 sunlight 又是如何？動詞有白天光明正大「身兼兩種以上工作」的意思，不像 moonlight 潛在 "偷偷摸摸" 的暗示。一般來說，做一個工作就已經夠累人的了，有能力和幹勁的人才能在公開場合表明身兼數職的身分。

# ──墨索里尼和法西斯主義──

　　義大利雖然是第一次世界大戰裡的戰勝國，卻沒能分得預期的土地，引發國內對《凡爾賽條約》強烈的不滿。加上戰後襲來的經濟蕭條，助長人民對政府的不信任感，北方工業地帶受到俄羅斯革命影響的勞動者占據工廠，要求社會改革，各地農民也起而興亂造反。

成為fascism語源的束棒

　　危機感促使墨索里尼（Benito Mussolini，1883–1945）組織國家法西斯黨（National Fascist Party，義：*Partito Nazionale Fascista*，簡稱 *PNF*），用武力鎮壓左翼運動。他成為首相，推動由掌握絕對權力的獨裁者領導國家與人民的極權主義（totalitarianism）[116]，確立獨裁政權。這種極權主義的政治體制與思想就叫「法西斯主義」fascism。fascism 來自義大利語 *fascismo* "集團、結社"，最早源自拉丁語 *fascēs*，是由多根棍棒圍繞斧頭捆綁而成的 "束棒"（英：fasces），在古羅馬時代是地方行政官的象徵。斧頭表「權利」和「力量」，束棒象徵「團結的人民」。

---

**116** 極權主義實質掌控了社會中經濟、思想、教育、藝術和公民道德等全部面向。希特勒、墨索里尼、史達林、毛澤東以及北韓金氏政權等為其代表。

# ——希特勒和納粹——

在戰敗的德國，希特勒（Adolf Hitler，1889–1945）領導的納粹黨（Nazi Party）[117]崛起。受到義大利法西斯主義的影響，希特勒煽動國內背棄負擔巨額賠款的《凡爾賽條約》、排斥猶太人，建立民族共同體以維持國民生活安定，並標榜反民主、反共產主義，推動獨裁政治。Nazi 是德語 *Nationalsozialist* "國家社會主義者" 的簡稱，Nazism「納粹主義」指的便是德國「國家社會主義」。

由於納粹黨一開始對政敵採過度激烈的暴力行為等因素，未受到人民支持，但隨著世界經濟大恐慌[118]造成失業人口增加，社會動盪不安之下，巧妙的宣傳活動促使民眾轉而支持納粹黨。1932 年納粹黨經國內選舉成為第一大黨，隔年希特勒被任命為總理。[119]

納粹黨徽「卍」在德語叫 *Hakenkreuz*，日語稱「鉤十字」，英語用「萬字飾」[120]的 swastika 來形容。由於這個標誌會勾起當年對納粹作為的慘痛回憶，被歐洲各國法律禁用。

納粹黨員敬禮的時候會呼喊 *"Heil Hitler!"*（希特勒萬歲）。*Heil* 是德語 "萬歲" 的意思，英語寫成 hail，動詞是「打招呼」、「為……喝采」，當感嘆詞時有「萬歲」的意思，例如 'Hail to the King!' 是「國王萬歲！」。hail 還有「（下）冰雹、霰[121]」的意思，例如 'It hailed yesterday.' 是「昨天下冰雹了」。我一直覺得國王「萬歲」和「冰雹、

---

**117** 正式名稱為「國家社會主義德意志勞工黨」（National Socialist German Workers' Party）。

**118** 又稱經濟大蕭條（Great Depression），指 1929 年至約 1939 年期間的全球性經濟大衰退，起因於 1929 年 10 月 24 日星期四、有「黑色星期四」之稱的美國紐約華爾街股市崩盤，德國也在這段期間陷入金融風暴。大蕭條的影響除了激起極權主義的政治運動代替共產主義（如德國納粹），也因為

霰」之間一定有什麼關係，可能是人民對為政者的讚頌就像「雨霰」從天而降。為了證明各種想像，查閱大量的資料後，發現兩者根本沒有關係，又是一陣失望。

2015 年 7 月英國《太陽報》（The Sun）在官網公開伊莉莎白女王行納粹敬禮的照片。當時女王只有六歲，正是希特勒剛上任德國總理的 1933 年。照片裡母親（後來的伊莉莎白王母太后）、妹妹（瑪格麗特公主）和叔父愛德華王子（後來的愛德華八世）也做出高舉右手的姿勢。這篇報導的標題是 'Their Royal *HEIL*nesses'（皇室萬歲），其中 *HEIL* 當然是呼喊希特勒"萬歲"的德語。這裡可能需要做進一步說明，英語的「殿下」叫 Royal Highness，對英國皇室子孫的稱呼用 His (Her) Royal Highness [122]，複數用 Their Royal Highness。標題巧妙借用 *Heil* 取代 High 來諷刺照片裡的行為。

以下提醒可能是多餘的，但是去到德國，在餐廳舉手呼叫服務人員，或是學生在課堂上舉手的時候，不能用五根手指朝上，要用食指做出比 "1" 的姿勢，否則會成了納粹敬禮。

---

民主政權無力解決經濟問題，促使獨裁主義與軍國主義抬頭，像是德、義、日依賴軍備擴張，侵略歐洲、衣索比亞、東亞，以解決失業問題，間接導致第二次世界大戰爆發。

**119** 1918 年一戰結束後德國行共和憲政體制，史稱「威瑪共和國」（因為當時的憲法是在威瑪制訂通過的）。1933 年希特勒上台後推翻威瑪共和國，此後直到 1945 年二戰結束之前的這段期間，歷史上把受到國家社會主義集權統治的德國稱為「納粹德國」（Nazi Deutschland）。

**120** 一般的萬字飾可為左旋「卐」或右旋「卍」。該符號本非字，但在中國和日本皆收入字書中，代表吉祥。中文讀作「萬」，日語寫做「万字（まんじ）」。

**121** 讀作「現」，指雨水遇到冷空氣凝成的雪珠，降落時呈白色不透明的小冰粒，多降於下雪之前。

**122** 舉例 2018 年跟美國影星梅根・瑪凱爾（Meghan Markle）結婚的哈利王子，此前的稱呼為威爾斯的亨利王子殿下（His Royal Highness Prince Henry of Wales）。

# ──邪惡軸心──

1939 年納粹德國入侵波蘭，英法對德宣戰，開啟了第二次世界大戰（World War II，又叫 Second World War，1939–1945）。

隔年 1940 年德義日締結《三國公約》（Tripartite Pact），1941 年 12 月 8 日（當地時間是 12 月 7 日）日本偷襲美國在夏威夷的軍事要地珍珠港（Pearl Harbor），並出兵英屬馬來亞（馬來半島），促使美英對其宣戰，太平洋戰爭爆發。簽署《三國公約》的德義也做出回應，向美國宣戰，形成名副其實的世界大戰。

這場由德義日「法西斯陣營」對上美英蘇等「反法西斯陣營」的戰爭裡，德義日聯盟又被稱為「軸心國」the Axis。axis 是「軸」，舉例 the axis of the Earth 是地球環繞自轉的「地軸」[123]，之所以成為「國際聯結、同盟」的意思，來自於 1936 年義大利墨索里尼發表「國際關係以連結羅馬和柏林的直線為"軸心"運轉」的演說。近年 axis of evil「邪惡軸心」的用語也常出現在海外新聞報導，出於美國小布希總統（George W. Bush）在九一一事件[124]隔年的 2002 年 1 月發表國情咨文時，明確指出伊朗、伊拉克和北韓這三個國家是「支援恐怖主義」的「邪惡軸心」。

---

**123** 地軸是條假想通過地球內部連接南北兩極、與赤道垂直的軸。

**124** 美東時間 2001 年 9 月 11 日早晨發生在美國境內的恐攻事件，四架國內航班機被劫持，其中兩架撞擊紐約曼哈頓世貿中心，兩棟摩天大樓相繼倒塌；一架襲擊首都華盛頓國防部所在的五角大廈；第四架可能以國會山莊或白宮為目標的飛機在賓州墜毀。這次的事件造成數以千計的人員死傷，在美國掀起反恐戰爭（war on terrorism）的浪潮。

# ──大屠殺（Holocaust）是宗教用語──

納粹掌握德國政權之後，開始對國內的猶太人進行迫害，計劃將之大量強制遷往德國圈外，卻在占領波蘭後，多加了當地兩百萬名猶太人口，進而採取送往集中營（concentration camp）強迫勞動、使用毒氣殺害的行動。

the Holocaust 是用來形容二次大戰時納粹對猶太人的「大屠殺」，原來指的是猶太教用語裡將獻祭的牲禮整隻焚燒的「燔祭」，因而遭部分猶太教徒反對用神聖的儀式來稱呼這場「對猶太人的大虐殺」。

我在好幾年前曾經參觀位在紐約曼哈頓南端的猶太遺產博物館（Museum of Jewish Heritage ─ A Living Memorial to the Holocaust）。進到入口時，隨行的女兒用日語說「好像不用門票耶」，聽得我直冒冷汗。原因是日本跟德國在二戰期間是盟國，也算是猶太人的敵人，博物館的人知道我們是日本人後，搞不好會叫我們「滾出去！」還好館員用 "Welcome!" 親切地迎接我們的到來。

參觀過程中也明白了博物館人員親切的笑臉所謂何來。三樓一角設有名為 Sugihara Room 的展示空間，Sugihara 是二戰期間日本外交官杉原千畝的姓，他在擔任駐立陶宛代理領事的期間，曾不顧外務省的訓令，發行過境簽證給來自歐洲各地逃避納粹德國迫害的猶太人。取得"救命簽證"的人得以經由西伯利亞鐵路去到日本，再輾轉逃往美國，據說有逾六千名猶太人因此獲救。

# ──難以置信的大屠殺──

跟「大虐殺」、「大屠殺」有關的英語還有很多種說法。首先是 genocide，可拆成源自希臘語 *genos* "種族" 的 geno-，以及從拉丁語 *caedere* "殺戮" 變化而來的 -cide 兩部分，所以是「種族屠殺」的意思。-cide「殺」這個字根也用在 suicide [125]「自殺」，以及結合拉丁語 *homō* "人" 的 homicide「殺人（犯）」。

massacre 是「大屠殺、殘殺」，用日語的片假名標註發音時寫成 "masaka"，跟 "萬萬沒想到、難以置信" [126] 的日語發音一樣，所以高中英文老師教我們用「難以置信的大屠殺」來記憶這個單字。

新約聖經〈馬太福音〉第二章裡記載了屠殺嬰孩（Massacre of the Innocents）的事蹟。當大希律王聽到未來的猶太人君王——即耶穌基督——在伯利恆（Bethlehem）誕生之後，憂慮自身安危，於是下令羅馬軍隊屠殺所有兩歲以下的男嬰。在此同時，一位天使在基穌的養父約瑟 [127] 夢中顯現，說：「起來，帶著孩子和他母親逃到埃及去。」約瑟於是連夜攜家帶眷逃往埃及，直到大希律王死前都未曾返回伯利恆。

此外，越戰期間的 1968 年，美軍一小隊官兵虐殺越南美萊村（My Lai）村民的事件叫 My Lai Massacre 或 Son My Massacre（美萊村虐殺事件）。又驚悚片【德州電鋸殺人狂】的英文片名叫 "The Texas Chainsaw Massacre"。

---

**125** suicide →「拉丁語 *sui* "自己本身" ＋字根 cide "殺"」，從 "殺害自己" 變成「自殺」。
**126** まさか。
**127** 根據新約聖經的說法，上帝用聖靈把耶穌原本在天上的生命，轉移到馬利亞的腹中，由她所生，成為人類。但是在天使宣布馬利亞奇跡受孕前，她已許配給約瑟，所以約瑟是耶穌的養父（路加福音

其他還有像是來自「宰殺」家畜的 slaughter 和 butchery，也能解釋成以人為對象的「大屠殺」。carnage 是源自義大利語 *carnaggio* "肉類供品"，scene of carnage 是比喻「戰場等的廝殺」。bloodbath（血浴）除了「大屠殺」，有時也會被用來比喻「經濟大蕭條」或「大量解僱」。

ethnic cleansing 則是一如字面的「種族（ethnic）淨化（cleansing）」[128]。這也是個殘酷的用詞，光是說明就讓人覺得陷入一種悲傷的情緒。


## ──引發電機設備故障的小精靈──

1984 年上映的【小精靈】（Gremlins）是由史蒂芬・史匹伯監製的科幻電影。主角小精靈 gremlin，同時也是二次大戰期間造成引擎等故障墜機，讓戰鬥機飛行員感到害怕的「小惡魔」名稱。

gremlin 原是英國皇家空軍（Royal Air Force，簡稱 RAF）在 1920 年左右使用的隱語，指的是「被分發到麻煩任務的士官或新兵」，源自歐洲各地傳說中喜好惡作劇的妖精 goblin（哥布林）和愛爾蘭妖精 gruaimin [129] 的結合。另一說是源自名叫 Fremlin Beer 的啤酒。也許是因為喝醉酒的飛行員把自己的操縱過失怪罪給這個小精靈的。

還有一個比較稀奇的見解是出自前蘇聯政府所在地的「克里姆林宮」Kremlin。這也許跟前面啤酒的說法一樣從發音相近而來，但蘇聯的確

---

1:30-35）。

**128** ethnic 是形容詞「種族的、人種的」。ethnic cleansing 指「使用威脅及暴力迫使一個種族或民族離開某地區」。

**129** 在愛爾蘭蓋爾語有「慍怒的小傢伙」之意。

是讓英國無以一探究竟、感到不安的國家。

近年 gremlin 也用來指「衝浪初學者」又或電腦等「莫名奇妙的故障、bug」。bug 是「蟲子」，在 IT 用語有「缺陷、（程式）錯誤」的意思。

## ——爆彈、大轟動和惡質不動產業者——

一般人聽到 blockbuster 會直覺想到「大轟動」、「非常成功」、「超級暢銷」等，例如 'That movie was a blockbuster.'（那部電影曾是賣座強片）。blockbuster 也可用來指「具影響力的人（或物）」，又或「大手筆廣告」。然而 blockbuster 一詞卻是出自二戰期間英國使用的一種超大型爆彈，能把整條街（one block）炸翻（bust）而得此名，從而變成指足以讓群眾圍繞整個街區等候觀賞的「人氣電影或戲劇」，並進一步延伸到書籍和音樂等創作領域。例如 blockbuster book 是帶來衝擊的「暢銷巨著」，而 blockbuster album 是「暢銷專輯」。

在美國，blockbuster 還衍生出口語「街區房地產詐欺」的意思，寫成 blockbusting，指的是不動產業者利用散播謠言等方式（例如放話社區裡將搬來不受歡迎的人物等）低價收購居民房產，再以高價售出的行為。這種經由房地產炒作改變整個街區的做法，就跟投下一顆威力強大的炸彈把一切夷為平地的想法是類似的。

# ——成了英語歷史遺跡的神風特攻隊——

日語的「神風」kamikaze 不幸地在第二次世界大戰中被當作英語直接使用。神風原是日本鎌倉時代（1185–1333）裡兩度迫使從中國來襲的元寇（蒙古軍）[130] 撤退的颱風。二戰末期，日本秉著一定會像當年那樣「有神風相助，戰勝美軍」的信念，在利用飛機衝撞敵艦的特攻隊和機身前加上「神風」二字。

kamikaze attack（神風攻擊）也因而等同「自殺式攻擊」。直到現在 kamikaze 仍被用來指「魯莽之人」或是形容「無謀的、不顧前後的」，例如 'I was nearly run down by a kamikaze on a motorcycle.' 是「我差點被一個騎著摩托車的莽夫撞到」。


# ——諾曼第登陸和原爆點——

第二次世界大戰最初是由軸心國占優勢，1943 年蘇聯在史達林格勒（Stalingrad，現已改名為伏爾加格勒 Volgograd）擊敗德軍之後，同年盟軍在北非擊敗德義聯軍，進攻義大利本土，墨索里尼被義大利國王解任首相一職，義大利無條件投降。

1944 年 6 月 6 日，盟軍登陸法國北部的諾曼第（Normandy）進攻

---

**130** 西元 13 世紀中期忽必烈指揮蒙古鐵騎南下，統一中國，建立元朝，繼而決定東征日本。但騎慣戰馬、不諳水事的蒙古兵先於 1274 年夏季出征，在琉球外海遭強颱擊退之後，1281 年又選在同一季節出兵，再度遭颱風重潰。日本人認為這是神靈護祐而把颱風視為「神風」──神使威力吹拂的強風。

德軍占領下的法國。開啟登陸作戰行動的這一天又叫 D-Day，出自美國軍事用語「重要軍事攻擊開始日」，而諾曼第戰役（invasion of Normandy）首日也成為史上最有名的 D-Day。現在 D-Day 也用來指跟戰爭無關的「重要日」。

從諾曼第登陸到解放巴黎的整場軍事行動代號為「霸王行動」（Operation Overlord），overlord 是「最高統治者」的意思。據說當年上岸的盟軍士兵高達兩百萬人，德軍雖然誓死抵抗，但終於在 1945 年 4 月 30 日希特勒自殺之後的 5 月 9 日無條件投降。

另一方面，美軍也在太平洋戰區逐一擊破日本在南方島嶼的軍力布署，於 1945 年 4 月登陸沖繩展開地面攻擊，包括一般人在內，有多達二十萬人犧牲。

8 月 6 日和 9 日，美國各在廣島和長崎投下新式武器「原子彈」atomic bomb，日本在同月 15 日宣布投降，二戰告終。

ground zero 指的是原子彈爆炸時的中心點「原爆點」，除了廣島和長崎，也指美國首在新墨西哥州舉行核試爆，以及戰後核武持有國家在地表實施核爆試驗的中心點。

2001 年 9 月 11 日成為恐怖攻擊標的倒下的紐約世貿中心（World Trade Center）遺址，基於廣島和長崎原子彈爆點的聯想，被美國新聞媒體稱為 ground zero。

# 戰後與 21 世紀篇

# ──冷戰──

第二次世界大戰的教訓催生了推動世界和平與繁榮的新國際組織「聯合國」United Nations，簡稱 UN。由戰勝國的美、英、法、蘇、中等擔任常任理事國，設置安全理事會（Security Council），擁有決定利用經濟或軍事制裁手段解決國際紛爭的強大權力。

此後聯合國以該五國為中心，試圖發揮維護世界和平的作用，卻阻止不了美蘇兩國對立的表面化，形成以美國為中心的西方自由、資本主義陣營，和由蘇聯領導的東方共產、社會主義陣營之間非戰非和的微妙關係，是為「冷戰」Cold War（1945–1990）。冷戰情勢造就了「鐵幕」the Iron Curtain 一詞的誕生。當時的英國首相邱吉爾（Winston Churchill，1874–1965）在演說中用 "An iron curtain has descended across the Continent."（一幅貫穿歐洲大陸的鐵幕已經降下）來形容東西方斷絕經濟、人文和資訊交流的情形，「鐵幕」從此成為知名的歷史用語。[131]

我對於「鐵幕」的回憶，跟日本職棒 V9 時代[132]的巨人隊有關。猶記得當年還是中、小學的時候，川上哲治教練照例率領巨人隊前往美國佛羅里達州的維羅海灘（Vero Beach）進行春訓，在那裡率先導入日本職棒界利用暗號指示打帶跑（hit-and-run）、犧牲觸擊（sacrifice bunt）等道奇戰術，即現在的小球戰術（small ball）。所謂的道奇戰術就是，早期以紐約近郊的布魯克林（Brooklyn）為根據地、後於 1958 年移到

---

**131** 邱吉爾在 1946 年 3 月應邀訪美期間，於密蘇里州富爾頓威威敏斯特學院發表演說時提到：「從波羅的海的思德丁到亞得里亞海邊的德里雅斯特（from Stettin in the Baltic to Trieste in the Adriatic），一幅貫穿歐洲大陸的鐵幕已經降下。」這篇演說因而又有「鐵幕演說」之稱，正式為冷戰拉開序幕。

**132** 指 1965 年至 1973 年讀賣巨人隊九年連霸日本職棒總冠軍的空前紀錄。

西海岸洛杉磯的美國職棒道奇隊打法。[133] 川上教練為了讓選手在宮崎集訓期間能徹底融會貫通新戰術，封鎖球場，不讓記者進入採訪。

結果引來媒體在體育新聞版面用「鐵幕」的雙關語「哲幕」做為標題反擊（因為日語的「哲」和「鐵」發音相同）。不用說也知道，「哲」字取自川上教練的名字「哲治」。

## ──洗腦──

1950 年朝鮮半島爆發「韓戰」Korean War，以北緯三十八度線為界，由美國和蘇聯分占南北兩地。在那之前的 1948 年，半島南部有「大韓民國」（韓國）[134]、北部有「朝鮮民主主義人民共和國」（北韓）宣布建國。

1950 年美蘇駐軍撤離後，想要統一南北成為社會主義國家的北韓趁機越過三十八度線進攻南韓，直逼半島南端的釜山，由美國主導的聯合國軍隊因而出兵援助南韓，把北韓逼退到中朝邊境。這下換中國派出人民志願軍援助北韓，戰情出現逆轉。雙方最後在北緯三十八度線上形成對峙，經過幾次攻防戰後，1953 年[135]宣布停戰，直到現在仍以此線做為南北韓分界的停戰狀態。

---

133 「道奇戰術」一詞出於長年擔任布魯克林道奇春訓教練的亞爾・坎帕尼斯在 1954 年所著棒球教戰典籍 "The Dodgers' Way to Play Baseball" 的日文譯本。

134 通稱南韓，於 1948 年正式建國，但大韓民國紀年始於 1919 年在中國上海成立的流亡政府（大韓民國臨時政府，1919–1948），因此正式建國時已是大韓民國三十年。

135 在板門店簽署《朝鮮停戰協定》（Korean Armistice Agreement），板門店是南北韓之間的非軍事區（DMZ），和二戰後德國分裂的代表性建築柏林圍牆（Berlin Wall）同為冷戰時期的象徵。2019 年 6 月 30 日美國總統川普與北韓最高領導人金正恩在此會面，川普也成為首位踏上北韓領土的美國總統。

brainwashing 一詞出於韓戰期間，指的是中國共產黨對被俘虜的美國士兵進行「洗腦」、促其改信共產主義的行為，所以該詞是由中文直譯而來，但日語的「洗腦[136]」是從英語直譯而來。從名詞 brainwashing 又衍生出動詞「思想改造」brainwash 的用法。

## ──親愛的約翰分手信──

南北韓停戰的 1953 年 7 月，由 Ferlin Husky 和 Jean Shepard 男女合唱的鄉村歌曲〈A Dear John Letter〉（Billy Barton / Lewis Talley / Fuzzy Owen 作詞作曲）在美國發片。

歌詞忠實反映當時美國女性寄給在前線作戰士兵的信件內容，開頭是「Dear John（親愛的約翰），這封信寫來極為悲傷，但我將和別人結婚」，接著又很厚臉皮地要求對方歸還自己的照片，因為「未來的丈夫想要」。這就算了，沒想到後面還有更嚴重的打擊是「結婚對象是 your brother」。雖然歌詞裡沒有特別表明 your brother 是哥哥還是弟弟，但是對身處前線、隨時有生命危險的士兵來說，接到信時肯定是悲痛欲絕。

第二次世界大戰期間，美國有個專為前線士兵製播的電台節目，其中朗讀寄給士兵信件的時段大受歡迎。這些信不盡然是好消息，也有分手信，多以「親愛的約翰」為開頭，可見有很多人叫 John，而 "Dear

John" 開頭的歌詞也在美國人心中留下深刻的印象。在那之後 Dear John letter 便成了「女性寫給男性的分手信」，也可解釋成與丈夫離緣的「休書」。

這首歌在二戰和韓戰接連發生、動盪不安的時代裡，讓因出征而分隔兩地的情侶、夫婦和親子深有感觸。其實這首歌發片兩個月不久，旋即推出由原班人馬合唱的姊妹曲〈Forgive Me, John〉（Fuzzy Owen / Jean Shepard / Lewis Talley 作詞作曲），但歌詞令人感到一陣錯愕：「約翰，請原諒我。我果然不愛 your brother，只有你才是我唯一的愛。且讓我以妻子，而非 sister-in-law（兄嫂或弟媳）的身分與你相會」。

後來的曲子可能是因為聽眾強烈抗議前一首「約翰太可憐了」而寫的。我暗自猜測也許是〈A Dear John Letter〉讓前線為祖國賣命的士兵聽了感到悲傷，升起厭世之情，才會緊急推出〈Forgive Me, John〉，用「請原諒我，果然還是愛你的」來安撫人心的。

## ──氫彈、比基尼與哥吉拉──

1946 年法國設計師雅各・海姆（Jacques Heim）推出只遮蓋胸部和下半身的二件式女性泳衣，並根據小到無法再分割的意思取名為「原子」Atom（法語：*Atome*），但過於裸露的大膽設計，一開始乏人問津。

136 洗腦。

就在同年，美國在第二次世界大戰後首次舉行核爆試驗，地點是南太平洋馬紹爾群島的比基尼環礁（Bikini atoll）。報導出來之後，法國汽車工程師兼服裝設計師路易斯・雷德（Louis Réard）立即推出比「原子」更迷你的泳衣，取名為 bikini「比基尼」，藉以比喻形同核爆威力的“惱殺力”[137]。

1954 年美國在比基尼環礁進行該國史上規模最大的核試爆，使用的氫彈（hydrogen bomb）爆炸威力是廣島原子彈的一千倍，連在危險水域外作業的日本遠洋漁船「第五福龍丸號」船員也遭到高能輻射感染，造成一人死亡。原因出在美軍低估彈爆威力，把危險水域設得過小。現在第五福龍丸號被保存在東京都江東區夢之島公園內的「東京都立第五福龍丸展示館」裡。日本東寶電影公司在 1954 年公開上映的怪獸電影【哥吉拉】（Godzilla），就是以「沈睡在比基尼環礁海底的恐龍，因為美國核試爆而醒來，產生巨型化突變」為前提。

話題拉回比基尼泳衣。在外國海灘，有上半身（top）什麼都沒穿（less）的裸胸（topless）女性走來走去也不是太稀奇的事，這種僅下半身一件小褲的「上空泳衣」叫 monokini，是用“單一”的 mono 取代 bikini 裡 bi“成雙”的造字。舉一反三，單軌列車就叫 monorail。

## ──多米諾骨牌理論──

越南戰爭（Vietnam War）也發生在美蘇冷戰期間。越南在 19 世紀成為法國的殖民地，第二次世界大戰結束後，胡志明（Ho Chi Minh）宣布社會主義國家「越南民主共和國」成立，但不被法國承認。法國另樹「越南國」與之展開軍事對峙，卻在 1954 年因陷入苦戰而與對方簽署停戰協議：暫以北緯十七度做為軍事界線，分治南北，再於兩年後實施普選，解決統一的問題。

美國卻在 1955 年和英、法、澳、紐、菲等國共同組成東南亞公約組織（SEATO）[138]，同年擁立吳廷琰為總統，宣告「越南共和國」（南越）成立。

美國怕的是，一個國家被共產化後，鄰國也會像骨牌一樣接二連三地倒向共產主義。此為美國第三十四任總統艾森豪（Dwight Eisenhower，1890-1969）和國務卿杜勒斯（John Dulles，1888-1959）在 1954 年為了正當化建立越南共和國的理由所提出的見解，催生了 domino theory「骨牌理論」一詞，用以表示「放任某事不管時，將引發連串的相同事件」，後來也衍生出「一旦輕嚐毒品，將會無法自拔越陷越深」的意思。

1960 年以解放南越為目的、俗稱「越共」Vietcong 的南越民族解放陣線（NLF）成立，與北越的越南民主共和國聯手，在南越展開游擊戰。當越共的攻勢轉為激烈時，第三十五任甘迺迪總統（John F. Kennedy，1917-1963）派遣軍事顧問團到越南強化軍事物資支援。甘迺迪遭暗殺之後，繼任的詹森（Lyndon B. Johnson，1908-1973）對北越展開地毯

---

137 「惱殺力」是日語說法（悩殺力），尤指讓男人神魂顛倒的女性魅力。
138 該組織是根據 1954 年的《東南亞集體防務條約》，於隔年成立的東南亞防衛組織，目的在於牽制亞洲共產主義勢力，將南越劃入其保護範圍的同時，也打算在南越建立與強化親美政權。該組織因未能有效履行防務行動，於 1977 年解散。

式空襲（bombing of North Vietnam）[139]並派遣大量的地面部隊援助。隨美國在越南不斷增兵，蘇聯和中國對北越的援助力度也不斷加大，這場戰爭益發陷入泥沼之中。

1973年美軍在第三十七任尼克森總統（Richard Nixon，1913–1994）任內從越南撤軍。隨1975年南方的西貢（現胡志明市）被赤化，越南戰爭也劃下句點。

## ——尼克森與水門案——

說起美國總統尼克森，立即想到「水門案」Watergate scandal。1972年五個入侵民主黨總部所在的華盛頓特區水門大廈（Watergate complex）、準備安裝竊聽器的現行犯遭逮捕。經調查，犯人和尼克森總統競選連任委員會（Committee for the Re-election of the President）有關。雖然尼克森和白宮官員再三否認涉入其中，但經由《華盛頓郵報》（The Washington Post）記者的追踪採訪，證實現任政權與該竊聽案有密不可分的關係，而且事後還傳出總統試圖消弭事件的疑雲。

在猛烈的輿論攻擊與議會加速彈劾總統的情況下，尼克森在1974年宣布請辭，成為美國第一位非因暗殺或病死而在中途下台的總統。這就是水門案的概略。

---

[139] 美國以1964年8月爆發的東京灣事件（Gulf of Tonkin incident）為藉口，在隔年2月對北越進行連續性空爆，是為美國正式介入越戰的第一步。

華盛頓郵報記者鮑勃・伍德沃德（Bob Woodward）和卡爾・伯恩斯坦（Carl Bernstein）因水門案系列報導，在 1973 年榮獲普立茲獎（Pulitzer Prize）。兩人合著的《總統的人馬》（All the President's Men，1974）一書中詳細提到與該醜聞有關的調查活動。記得在學生時代曾看過原著改編的電影，印象中是由勞勃・瑞福（Robert Redford）和達斯汀・霍夫曼（Dustin Hoffman）分飾伍德沃德與伯恩斯坦。

有一天伍德沃德接到不願具名的男子來電，指示他「調查這類情事」，卻怎麼也不肯透露資訊的核心，但是按指示進行採訪後，漸漸觸及跟事件有關的資訊。這位不明男子被取了一個代號叫「深喉嚨」Deep Throat，是根據當時大為流行的成人電影標題而來。之後 deep throat 也用來指「內部告發者」或「匿名告發犯罪行為者」。水門案告發人的身分一直是個謎，直到 2005 年才由 FBI 前副局長馬克・費爾特（Mark Felt）出面承認他就是「深喉嚨」。嚴格來說，費爾特採取的行動既非內部告發，也沒有洩露重要機密。知道真相的他只給了記者追查事件核心的相關暗示。

水門案之後，Watergate 的 -gate（門）也有了「貪汙和隱蔽等違法行為、醜聞」的意思。例如兩伊戰爭[140]期間的 1986 年，雷根政權透過第三方秘密販售武器給伊朗，並利用軍售回扣資助尼加拉瓜反叛組織康特拉（Contra）。該事件被揭發之後，除了 Iran-Contra Affair（伊朗 – 康特拉事件），又叫 Irangate「伊朗門」案。[141]

美國在國際宣言不出售武器給伊朗，而且當時由在野黨（民主黨）

---

**140** 西元 1980 年 9 月 22 日，伊朗與伊拉克兩國因為領土糾紛和宗教、種族衝突等多重因素爆發戰爭。戰爭持續至 1988 年 8 月 20 日由聯合國居中調停結束，雙方皆自稱勝利。出處：教育部《重編國語辭典修訂本》。

**141** 該軍售行為同時也是美國用來交換困在黎巴嫩人質的行動之一。contra 當名詞使用時有「反政府武裝人員」和「反對意見」的意思。

占多數席次的國會也反對資助康特拉，共和黨出身的雷根總統背著國會私下批准軍售的行為，動搖了美國政治體系的根本，但如此重大的政治醜聞至今仍未真相大白。[142]

## ——毛澤東留下的英語——

在中國，第二次世界大戰末了，國共衝突再度復燃。1949 年 10 月共產黨宣布中華人民共和國成立，由毛澤東擔任國家主席、周恩來為國務院總理。同年 12 月蔣介石率國民黨政府撤退來臺。

當時毛澤東（1893–1976）的發言受到世界注目，還有幾句成了英語，像是比喻空有威勢而沒有實力的人或集團的「紙老虎」paper tiger。毛澤東在越戰期間接受美國記者採訪時，曾用此比喻西歐各國所代表的西方，他說：「一切反動派都是紙老虎，看起來反動派的樣子是可怕的，但實際上並沒有什麼了不起的力量。」英譯為 "All reactionaries are paper tigers. In appearance, the reactionaries are terrifying, but in reality they are not so powerful."。

在日本，已故的中國文學家竹內實把 paper tiger 譯為「張子虎[143]」，即紙糊老虎。「張子」是一種民藝品，做法是在黏土做的模型上糊好幾層紙，乾燥之後取出內模變成中空，以頭會上下擺動的「紅牛」[144]最有名。在黃底塗上黑色線條的就是「張子虎」。

---

**142** 雷根雖然沒有因為伊朗門事件下台，卻有不少重要官員為此而丟官。1990 年關鍵證人推翻證詞指控雷根，但老總統在 2004 年過世前因為罹患阿茲海默症無法作證，獲判無罪。

1956 年毛澤東提出「百花齊放」與「百家爭鳴」做為發展多重文化和論述多方意見的方針,表態「歡迎批判共產黨」。當時的英文報紙也用 'the Hundred Flowers Movement'(百花齊放)以及 'free and lively discussion'(自由活潑的討論)或 'uninhibited controversy'(不受約束的辯論)來介紹這兩種政治運動。

但是隨著雙百運動的擴大,人民對共產黨的批判加劇,有的甚至把矛頭指向毛澤東,結果響應方針提出批判的人受到激烈打壓。有一說是,雙百方針其實是毛澤東引蛇出洞的陰謀,藉此糾出反對派。「走狗」running dog 也是從毛澤東的談話變成英語的詞彙,取「狩獵時追逐鳥獸的獵犬」之意,指「供人差遣作惡者」,並有「諂諛取容」和「反革命分子」的意思。說來日本也用狗的名字"Pochi"做為對順從權力者或是諂媚者的輕蔑稱呼。[145]

毛澤東在發表跟越戰有關的聲明時連番提到「侵略者美國與其走狗」,並把日本列為批判對象。但他也有自己的走狗,最大的應該是由學生組成的青年團體「紅衛兵」Red Guard。1966 年在毛澤東一聲號令下開啟了文化大革命(Cultural Revolution),自稱紅衛兵的學子手持《毛主席語錄》(Quotations from Chairman Mao Tse-tung)上街打壓政治家和知識份子,破壞寶貴的文化遺產,讓中國經歷了一場約十年的文化浩劫。

但實際主導文革的是,在中國共產黨中央握有大權的四人幫:江青、張春橋、姚文元和王洪文。在毛澤東死後,四人幫也因為失勢遭到逮

---

**143** 張り子の虎。

**144** 「赤べこ」(Akabeko)是福島縣會津地方的鄉土玩具。beko 是東北地方方言"牛"的意思。

**145** 日本人在明治時代流行把狗取名為「ポチ」,源自美式俚語「狗」的稱呼 pooch。

捕。「四人幫」的英語叫 Gang of Four。gang 是「幫派」，「幫派分子」叫 gangster。gang 雖然也有「一夥人」的意思，但在這裡應該有影射"反社會"的意思。

## ──嬰兒潮與團塊世代──

美國在第二次世界大戰結束後，士兵從戰場返鄉結婚，迎來出生率明顯上升的「嬰兒潮」baby boom。從 1945 年二戰結束到甘迺迪政權誕生的 1960 年代前半，在這段期間內出生的人叫 baby boomers，據說人數多達七千七百萬又或七千八百萬人。

在總人口不比美國的日本來說，戰後出生的嬰兒潮叫「團塊世代」，人口約八百萬人，期間定義也較美國來得短，是昭和二十二年至二十四年，即 1947 年至 1949 年。boom 這個字是從蜜蜂等昆蟲振翅飛行時「嗡嗡」的狀聲詞而來，之後演變出「全力衝刺」→「激速發展」→「急速增加」→「繁榮景氣」→「○○潮」的意思。

boom 的同義字有 fad，但後者比較局限在商品、健康和瘦身方法、時尚等短時間爆發人氣的「流行」，像 fad word 是「流行語」、fad diet 是「風行一時的減肥方法」。trend 雖然也可解釋為「流行」，但持續的期間比 fad 還要長，有「時代趨勢、動向」的含意。

# ──從嬉皮到雅痞──

1960 年後半，隨越南戰爭激烈化，美國西海岸出現一群跟社會秩序脫節的年輕人叫「嬉皮」，英語寫成 hippie 或 hippy。他們反對徵兵，否定既有的價值觀和社會體制，追求愛與和平的生活方式。據說 hippie / hippy 是結合爵士樂用語的 hip "跟著節拍"、hipped "熱中的、著迷的" 以及 happy "幸福" 而來。

當時美國國內誕生了一個叫 Youth International Party「青年國際黨」的政黨，提倡國際性的青年社會改革，呼籲大眾不要像「嬉皮」一樣把反越戰的個人意識內化，而要轉成積極的行動。該政黨的支持者有「異皮」yippie 之稱，出於青年國際黨英文名稱縮寫 YIP 再加上「嬉皮」的 -pie。

到了 1980 年代中期，新誕生了 yuppie「雅痞」一詞，從 young urban professional 的縮寫 YUP 加 -pie 而來。指的是在 1940 至 1950 年代前半的嬰兒潮出生者（baby boomers）裡，年輕（young）、住在城市（urban），從事醫師、律師或金融等專門行業（professional），講究生活品味的新一代菁英人士。

# ——沙發馬鈴薯和頂客族——

羅伯特・阿姆斯壯所繪
「沙發馬鈴薯」©1979
Robert Armstrong

1970 年代後半出現一個俚語叫 couch potato。couch 是「長沙發」，couch potato（沙發馬鈴薯）是「成天賴在沙發上看電視的人」，等同「超級懶骨頭」。

這個俚語傳到日本的時候已經是 1980 年代後半，而且有點遭到誤解。很多人以為後面的 potato 是「（賴在沙發上邊看電視邊）啃洋芋片」，其實不是這麼一回事，以下做簡單說明。

最早有個片語叫 boob tube。boob 是「笨蛋」，tube 是「管子」或「電視真空管」，所以 "笨管子" 是美國嘲笑「電視」的說法，俗稱 boob tuber。[146] tuber 讓人聯想到「馬鈴薯」[147]，所以漫畫家羅伯特・阿姆斯壯（Robert Armstrong）畫了一個「坐在沙發上一動也不動、直盯著電視看的馬鈴薯」，這才是 couch potato 的真實 "概念"。

在 1980 年代 DINKS「頂客族」一詞流傳開來，是 double-income, no kids 的縮寫，即「雙薪、無子女的夫妻」，代表的是夫婦的價值觀與生活形態，不能用來形容剛結婚還沒有小孩，或是出於不孕等因素而膝下無子的夫婦。

之後還出現 DEWKS 一詞，是 double employed with kids 的縮寫，指

---

146 couch potato 雖然是阿姆斯壯註冊的商標，卻是出於朋友 Tom Iacino 的一句玩笑話。在接受 bonappetit.com 採訪時，Iacin 說「阿姆斯壯喜歡躺在沙發上對電視 "發呆"」，他們都屬於一個反對加州當時流行的健康生活的團體成員，以 Boob Tubers（來自 "電視" boob tube ＋「馬鈴薯」tuber）自稱。有次 Iacino 打電話給阿姆斯壯時，因為是他女朋友接的，Iacino 便很隨興地問說 "Hey, is the

的是「雙薪且有子女的夫妻」。

# ——政治正確用語——

經常以縮寫的形態 "PC" 出現的 political correctness，也是在 1980 年代才出現的，直譯為「政治正確」，指的是「不帶歧視與偏見之識時務又或合時宜的用詞」，形容詞形式寫做 politically correct。

比方如果在美國，「黑人」black person 要叫「非洲裔美國人」African American ／ Afro-American。原先叫 Indian 的「印地安人」現在改叫「美洲原住民」Native American，這是因為「印度人」也叫 Indian，在美國用 Indian 稱呼時，時而分不清楚所指為何。

在各種「政治正確」用語裡，最讓人感動的是代表「殘障人士」的 physically challenged person。美國一家美術館門票告示牌上，除了 Adult（大人）、Child（小孩）、Senior（高齡者），還有 Physically Challenged（殘障者）的標示。看到一般寫成 handicapped person 的殘障人士改以 "身體挑戰者" 來稱呼，不由得讚嘆英語的創造力。但是 Physically Challenged 未全面普及的原因在於殘障團體認為這種稱呼「過於美化」而持反對意見。

現在的許多職業名稱，也逐漸改用中性稱呼，例如「警察」

---

couch potato there?"，結果造就了這麼一詞。據說女友隨後轉頭看到阿姆斯壯果不其然地躺在沙發上時，笑翻了。

**147** tuber 是植物的「塊莖」，potato「馬鈴薯」有時也直接用 tuber 來稱呼。

policeman → police officer、「議長」chairman → chairperson、「消防隊員」fireman → firefighter 等。

然而「政治正確」也引來荒謬的議論，像是有人認為「歷史」history 是 his ＋ story ＝他的故事，沒有彰顯女性參與歷史的層面，應該改叫"herstory"。甚至連下水道的「人孔」manhole，也出現應該改為"personhole"的極端言論，令人感慨萬千。不過，manhole 這個字還真是出於"男性進入的洞穴"之意，由 man"男人"和 hole"洞"組成的。

## ──英文縮寫有兩種──

到了忙碌的現代，簡略稱呼的情況也越來越多，除了 telephone「電話」簡稱 phone，「冰箱」refrigerator 也簡寫成 fridge（注意中間多了個 d）。最初因為不需要用馬拉車就能自行跑動而取名 motor car 或 autocar 的「汽車」，現在叫 car。其他如「考試」examination 也簡稱 exam。出於公眾使用而有 omnibus 之稱的「巴士」現在也省略字首 omni-，叫 bus 就可以了。[148]

又「個人電腦」的 personal computer 現在習慣以首字母縮略詞簡稱為 PC。「電視」television，雖然在英國一時被簡稱為 telly，改以 T.V. 標示之後乾脆寫成 TV。「縮寫」的英語叫 abbreviation，例如 IT（資訊

科技＝ information technology）、ATM（自動存提款機＝ Automated Teller Machine），和「幽浮」的 UFO（不明飛行物＝ unidentified flying object）等均為縮略語。

很多英語縮寫跟前述例子一樣，是由個別單字的首字母排列而成。在國家方面有「美國」的 USA 是 United States of America、「英國」的 UK 是 United Kingdom。那 UAE 呢？答案是 United Arab Emirates「阿拉伯聯合大公國」，在足球賽等實況轉播裡很常用 UAE 來帶過。

再舉耳熟能詳的美國情報機關 FBI 和 CIA 的例子，全名各是「聯邦調查局」Federal Bureau of Investigation 以及「中央情報局」Central Intelligence Agency。在國際組織和軍事聯盟方面，常見的有 OECD（經濟合作發展組織）＝ Organization for Economic Cooperation and Development、OPEC（石油輸出國家組織）＝ Organization of Petroleum Exporting Countries、UNHCR（聯合國難民署）＝ United Nations High Commissioner for Refugees、NATO（北大西洋公約組織）＝ North Atlantic Treaty Organization。

其他還有「愛滋病」AIDS 是 Acquired Immune Deficiency Syndrome（後天性免疫不全症候群）的縮寫，英語研究者和熱心的英語學習者也把《牛津英語大辭典》Oxford English Dictionary 簡稱為 OED。

這些雖然都叫「首字母縮略字」，在英語卻有 initialism 和 acronym 的分別，重點在於字母是要分開唸（→ initialism），還是要合起來發

---

**148** omnibus 當形容詞還有「總括的」、「多用途的」意思。字首 omni- 表「全、總、泛」，零售 4.0 時代裡強調整合網路與實體的「全通路零售」，英語就叫 omnichannel retailing。

音（→ acronym）。比方說 OECD 和 UNHCR 要分開唸成「O-E-C-D」和「U-N-H-C-R」，屬 initialism。反之，OPEC / opɛk /、NATO / 'neto /、AIDS / edz / 等要視為一個單字發音的，屬 acronym。

因此，有些我們以為是一個單字的，其實是從 acronym 變化而來。譬如「雷達」radar 最早是 RAdio Detection And Ranging（無線電偵察和測距）的縮寫。很容易被認為一開始就是單一名詞的深潛用「水肺」scuba，其實是由 self-contained underwater breathing apparatus（自攜式水中呼吸器）的首字母排列而成。

1985 年英國政府導入的警用資訊系統 HOLMES，可謂 acronym 的經典傑作，全名為 Home Office Large Major Enquiry System。HOLMES 的發音與該國推理小說家柯南・道爾（Arthur Conan Doyle，1859–1930）筆下名偵探福爾摩斯（Sherlock Holmes）的姓氏相呼應，命名的人真有 *sense*（概念）。

這幾年在日本也漸漸普及開來的 LGBT，屬 initialism，由 lesbian（女同性戀者）、gay（男同性戀者）、bisexual（雙性戀者）以及 transgender（超越性別者）的首字母組成。LGBT 在日本雖然翻成「性少數者」，卻是個肯定性別多樣化與自我認同的正面用語。

寫信或 email 的時候也很常用到縮寫（abbreviation），像是 ASAP ＝ as soon as possible「儘快」、BTW ＝ By the way「順便提一下」，以及 FYI ＝ for your information「供你參考」等。親朋好友相聚的

家庭派對邀請卡上也常註明 BYO，是 bring your own「自帶」食物或飲料的意思；BYOB 則是 bring your own bottle（又作 bring your own booze）「自備酒精飲料」的意思，booze 是「含酒精的飲料」。

收到正式的派對邀請函時，最後會寫上 RSVP，這是法語 *répondez s'il vous plait*“請回覆”的簡寫，也是世界共通語言。

## ──有趣的 IT 用語──

進入 21 世紀後普遍使用的新英語，要算是「IT 用語」了。有人以為 IT 是 internet 的縮寫，其實是在上一篇也提到的 information technology「資訊科技」簡稱，又「IT 用語」IT terminology 跟「電腦用語」computer terminology 又或 computer jargon（電腦專門術語）的意思是一樣的。

IT 用語多到說也說不完，在這裡挑幾個尤其引人興趣的做介紹。先從最基本的 email「電子郵件」說起，mail 原來指的是實體「郵件」，但近年在日本“mail”也多半指「電子郵件」。email 是 electronic mail 的縮寫，一開始寫成 E-mail，後來成了 e-mail，現在則普遍寫成 email。

直到 2000 年左右，把「寄電子郵件」說成 send an e-mail 的話，通

常會被訂正應該用 send an e-mail message 才對，但現在沒有人覺得這種說法有什麼不妥。email 甚至還可取代整句，當做動詞使用，寫 email 請對方「寄電子郵件來」的時候，普遍以 "Please email me." 等來表達。

倒是 mail 這個字，有時光看也無從判斷指的是書面還是電子郵件。我在寫英文 email 的時候也常感到迷惘，之後如果想表達用「書面郵寄」的方式時，就寫成 snail mail。snail 是「蝸牛」，正可表達傳統郵寄像蝸牛爬行一樣，需要多一點時間。snail mail 又可寫成 s-mail 或 smail，跟電子郵件的 email 形成對比，也算是一種 IT 用語吧。

智慧手機問世之後，手機信箱和簡訊溝通變得更頻繁，催生新的縮寫（abbreviation）。像 LOL 是 Laugh(ing) Out Loud「放聲大笑」，可能近似日本人常用的「（笑）」或 (^_^) 的表情符號。像這種用文字或符號表達情感的「表情符號」，英語叫 emoticon，由 emotion（情緒）和 icon（圖示）拼綴而成。至於文章裡穿插的「象形圖示」則稱為 pictogram 或 pictograph [149]。用手機打字時，字數能少則少，因此 "you, too" 經常寫成 U2、"because" 成了 'cos 或 cus。有名的還有像是猜字謎的 CUL8R 這種火星文，是 See you later!「回頭見」的意思。

internet「網路」盛行的時代裡，「上網查」的英語叫 search on the internet，「上網查○○」叫 search for…on the internet。search「檢索、查詢」的同義字還有 check、look up 以及 retrieve 等。但是英語裡直接把 google 當動詞使用的用法，近來也傳到日本，叫 "guguru" [150]。從

公司或商品名稱變成泛用英語的例子不在少數，現在同樣的現象也發生在 IT 用語裡。

## ──復活的死語──

近年也出現一個現象是，一些沈寂很長一段年歲的單字，藉由 IT 用語再度活躍起來。最為人知的應該是一開始只限定一百四十個字短文分享的服務「推特」Twitter。twitter 原是小鳥「啁啾、吱吱叫」又或「唧唧喳喳閒聊」的意思。在推特上面發表的短文叫 tweet，同樣是小鳥「啾鳴」的意思，在日本又用「喃喃自語」[151] 來形容。twitter 和 tweet 都可當動詞「在推特發文」使用。

其他還有，website「網站」的 web 原是「蜘蛛網」、site 是「地點、場所」。blog「部落格、網路日誌」最一開始叫 weblog；log 是 17 世紀大航海時代興起的用語「航海日誌」，在結合 web 的 b 之後，成了 blog。

原先是俄羅斯正教和希臘正教「聖像畫」但現代多指電腦「圖示」的 icon、從「卷軸、畫卷」衍生出「上下捲動畫面」含意的 scroll，以及利用「拖曳」表達「在畫面上移動圖示」的 drag 等，也是耳熟能詳的單字。

---

**149** pictograph 又有「象形文字」和「古代石壁畫」的意思。
**150** ググる。
**151** 呟き（つぶやき），有低聲細語的意思。

post 當名詞是「郵政」、「柱、樁」或「職位」，動詞是「郵寄、投函」、「張貼（布告等）」，近年在網頁、部落格、推特等「刊載」文章、「上傳」照片等行為也叫 post，即「PO 文」，例如 post a video on Facebook 是「上傳影片到臉書」、post *one's* opinion on Twitter 是「在推特發表意見」。

text 原來也指「原稿、本文」、「原文」和「課本（textbook）」，在 IT 用語成了「手機短信」、「用手機發短信」的意思，舉例 'Text me when you reach Narita Airport.' 是「等你到成田機場的時候，傳簡訊給我」。

有趣的是 browser「瀏覽器」這個字。動詞的 browse 出現在 15 世紀左右，原來指「（鹿和山羊等牲畜）吃樹上的嫩枝嫩葉」或「（牛馬羊等家畜）啃食牧草」，從到處移動吃草的動作又被用來形容「隨意翻閱」書本雜誌等。browser 也從「瀏覽者」的意思，成為隨意瀏覽網路資訊軟體的「瀏覽器」稱呼。

## ──自動翻譯機會改變英語的未來嗎？──

今後不論發展出什麼樣的技術、誕生什麼樣的英語單字和表達方式、英語又將產生什麼樣的變化？能確定的是，英語身為國際語言（international language）的特性將更加強烈。

在下也深信，「自動翻譯機」的發明與普及將為英語的歷史發展帶來巨大的「變革」。幾年前已經有廠商推出對著話筒講日語就能自動轉成中英韓等多國語言播放的「自動翻譯廣播器」，其註冊商品名稱「Megahonyaku」讓人想起小叮噹的「翻譯蒟蒻」。[152] 另有只要把手機鏡頭對準文字，就能在畫面上顯示英日雙邊翻譯的 APP。

此外，像耳機一樣的小型自動翻譯機也從開發階段朝商品化發展，初期以英、法、德、義和西班牙等語言為對象，至於英日互譯機種，因為語言體系差異太大，面市的時間也比較晚。但是，有了這種精巧型翻譯機之後，大部分的日本人就不用學英語了嗎？

我很想大聲地用 "No!" 來否定這個想法。就算能透過翻譯機解決語言溝通問題，卻未必能產生情感的真誠交流。我相信，在自動翻譯普及的時代裡，使用個人寒窗苦學多年甚至數十年的英語來聽說讀寫的過程中，蘊涵了溝通真正的含意。

我太太懂法語，但她到了這把年紀還在學英語會話。我跟她提到自動翻譯機的時候，她說：「他人的偷懶求方便，正好為自己製造機會。當所有人都依靠翻譯機，而自己卻能說上一口流利的外語時，豈不很威風？」。

---

152 メガホンヤク，是「廣播器」メガホン和「翻譯」ホンヤク的結合。又小叮噹神奇道具「翻譯蒟蒻」的日語叫：ほんやくコンニャク。

# Epilogue

　　這次同樣請到 "超級天才" 的美國人 Jeff Clark 協助英語校對。Jeff 在我開始學英語會話的三十多年前，正好跟 Valerie Koehn 女士一起撰寫由大杉正明老師（現清泉女子大學教授）擔任講師的 NHK【電台英語會話】對話內容。裡頭有好多身為日本人難以理解的口語表達，因為覺得很有趣，我就此成為英語的俘虜，也因深深著迷而記在腦海裡。這麼說來，Jeff 早在三十年前就已經為我創造撰寫上一本《英語研究室》和這次《英語研究室 2》的契機。萬分感謝——Thanks a million, Jeff!

　　翻譯兼編輯的山本映子小姐也針對英語表達和日語翻譯有所出入、可能讓讀者難以理解的文章鋪成、容易造成誤解的記述，以及前後看似矛盾的部分給與嚴格的指正，在編輯的最後階段也請她製作「索引」。山本小姐是連英語圈人士寫的內容都能糾出錯誤的英語高手，這麼說對她雖然有點不敬，但身為撰寫本書內容的我，比誰都更能深刻體認到她的 "真功夫"。

　　在用語統一等原稿整理與校閱方面，是由梅澤久視子小姐協助。她原來就是百科事典的編輯，是校閱像本書這樣涵蓋多元知識與資訊內容的不二人選。身為校閱者，必須冷靜地檢視全文，能得到她「期待成書後好好享受再度閱讀樂趣」的讚賞，實在很開心。

　　本書的 DTP（電腦排版）是由 IBC 出版社的製作編輯菱木啟美桑負

責，他不只在文字編排與修正的精確性下功夫，更能瞬間理解本書的概念，在本文和章節開門頁的設計發揮絕佳才能。這一點，讀者應該比我更能感受到。

裝訂是由 BUDDHA PRODUCTIONS 的齊藤啟社長負責，感謝他在不損我選的畫作格調下，加入輕鬆帶點幽默的設計。

跟上一本書一樣，這次也由 IBC 出版社的浦晉亮社長將本人的拙著出版成書。我不過是拿原稿做簡單說明，他立刻反應「這本書很厲害哦！」。浦社長從以前就是個慧眼識"原稿"的編輯，對他的眼光深感佩服。

這次也由於浦社長的提議，讓本人有機會跨足編輯作業。對出版社來說，節省了編輯經費與人力支出，對本人而言也是歷經「自我企劃思考概念→撰寫原稿→編輯」的超級體驗。這次一人飾三角的工作，讓人感受到做書的頂級"醍醐味"。

2017 年 2 月　小泉牧夫

# 參考文獻

Gyles Brandreth "Everyman' s Modern Phrases & Fabel" J.M. Dent & Sons Ltd, London

William and Mary Morris "Morris Dictionary of Word and Phrase Origins" Harper & Row, Publishers

Nigel Rees "Dictionary of Word and Phrase Origins" Cassell Publishers Limited

Marvin Terban "In a Pickle and Other Funny Idioms" Clarion Books

Marvin Terban "Scholastic Dictionary of Idioms: More Than 6—Phrases, Saying & Expressions" Scholastic Inc.

Ivor H. Evans "Brewer' s Dictionary of Phrase and Fable" Cassell Publishers Ltd

John Ayton "Word Origins: The Hidden Histories of English Words from A to Z" A & C Black

Anatoly Liberman "Word Origins … and How We Know Them: Etymology for Everyone" Oxford University Press

Walter W. Skeat "The Concise Dictionary of English Etymology: The Roots and Origins of the English Language" Wordsworth Editions

Revised and edited by Eugene Ehrlich, Based on the Original Edition by C.O. Sylverster Mawson "The Harper Dictionary of Foreign Terms" Harper & Row Publishers

"The American Heritage Dictionary" A Dell Book

Edited by Julia Cresswell "Oxford Dictionary of Word Origins" Oxford University Press

John Milton "Paradise Lost" Simon & Schuster〔電子版〕

Aesop "Aesop' s Fables" Open Road Integrated Media〔電子版〕

"Shakespeare Complete Ultimate Collection: 213 Plays, Sonnet & Poems" Everlasting Flames Publishing〔電子版〕

Jonathan Swift "Gulliver' s Travels: Into Several Remote Nations of the World" Wisehouse Classics〔電子版〕

ジョーゼフ　T.　シップリー『シップリー英語語源辞典』（梅田修・真方忠道・穴吹章子訳）大修館書店

井上義昌編『英米故事伝説辞典』冨山房

ジェームズ・ロジャーズ『よく使われる英語表現ルーツ辞典』（迫村純男訳）講談社・講談社インターナショナル

梅村修『英語の語源物語』大修館書店

渡部昇一『英語の語源』講談社

渡部昇一『語源力』海竜社

今里智晃『英語の語源物語』丸善

オウェン・バーフィールド『』英語のなかの歴史』（渡部昇一・土家典生訳）中央公社論

寺澤楯『英語の歴史』中央公論新社

寺澤楯『英単語の世界』中央公論新社

グリニス・チャントレル編『オックスフォード英単語由来大辞典』（澤田治美監訳）柊風舎

エドワード・G・サイデンステッカー監修／ジャン・マケーレブ、安田一郎『アメリカ口語辞典』朝日出版社

寺沢芳雄『英語語源大辞典』研究社

小島義朗・岸暁・増田秀夫・高野嘉明編『英語語義語源辞典』三省堂

国原吉之助『古典ラテン語辞典』大学書林

朝倉純孝『オランダ語辞典』大学書林

フリップ・グッテン『物語　英語の歴史』（田口孝夫監訳）悠書堂

岸田隆之・早坂信・奥村直史『歴史から読み解く英語の謎』教育出版

橋本巧『英語史入門』慶応義塾大学出版会

安井稔・久保田正人『知っておきたい英語の歴史』開拓社

堀田隆一『英語史で解きほぐす英語の誤解　納得して英語を学ぶために』中央大学出版部

平田雅博『英語の帝国　ある島国の言語の歴史』講談社

『聖書　新共同訳　Good News Bible: Today's English Version』日本聖書協会

木村靖二・佐藤次高・岸本美緒他『詳細世界史』山川出版社

木下康彦・木村靖二・吉田寅編『詳細世界史研究　改訂版』山川出版社

ウィリアム・H・マクニール『世界史』上／下（増田義郎・佐々木昭夫）中央公論新社

出口治明『「全世界史」講義　教養に効く！人類5000年史』I古代・中世編／II近世・近現代編　新潮社

後藤武士『読むだけですっきりわかる世界史』古代編　ピラミッドから「三国史」まで／現代編　オスマン帝国の終焉からポツダム宣言まで　宝島社

入澤宜行『ビジュアル百科　世界史 1200 人 1 冊でまるわかり！』西東社

ジョン・ミルトン『失楽園』（平井正穂訳）岩波書店

バーナード・エヴスリン『ギリシア神話物語事典』（小林稔訳）原書房

ヒューギヌス『ギリシア神話集』（松田治・青山照夫訳）講談社

ルネ・マルタン監修『図説ギリシア・ローマ神話文化事典』（松村一男訳）原書房

マルコム・デイ『ギリシア・ローマ神話人物記　絵画と家系図で描く 100 人の物語』（山崎正浩訳）創元社

マイケル・マクローン『知のカタログ　ギリシア・ローマ古典』（甲斐明子・大津哲子訳）創元社

桜井万里子・本村凌二『世界の歴史 5　ギリシアとローマ』中央公論社

ホメロス『イリアス』上／下（松平千秋訳）岩波書店

ホメロス『オデュッセイア』上／下（松平千秋訳）岩波書店

アリストパネス『鳥』（呉茂一訳）岩波書店

アリストパネス『雲』（高津春繁訳）岩波書店

プラトン『饗宴』（久保勉訳）岩波書店

納富信留『シリーズ・哲学のエッセンス　プラトン　哲学者とは何か』NHK 出版

納富信留『NHK100 分で名著　饗宴プラトン　愛することが哲学だ』NHK 出版

荻野弘之『哲学の饗宴　ソクラテス・プラトン・アリストテレス』NHK 出版

I・モンタネッリ『ローマの歴史』（藤沢道郎訳）中央公論新社

坂元浩『ビジュアル選書　ローマ帝国一五〇〇年史』新人物往来社

本村凌二『初めて読む人のローマ史 1200 年』祥伝社

小林標『ラテン語の世界　ローマが残した無限の遺産』中央公論新社

永田久『暦と占いの科学』新潮社

塩野七生『ローマ人の物語 I ローマは 1 日にしてならず』新潮社

塩野七生『ローマ人の物語 IV ユリウス・カエサル　ルビコン以前』新潮社

塩野七生『ローマ人の物語 V ユリウス・カエサル　ルビコン以後』新潮社

トム・ホランド『ルビコン　共和制ローマ崩壊への物語』（小林朋則訳・本村凌二監修）中央公論新社

パスカル『パンセ』上／中／下（塩川徹也訳）岩波書店

パスカル『パンセ』（前田陽一・由木康訳）中央公論新社

青柳正規『皇帝たちの都ローマ　都市に刻まれた権力者増』中央公論新社

ラ・フォンテーヌ『寓話』上／下（今野一雄訳）岩波書店

加藤隆『歴史の中の「新約聖書」』筑摩書房

岡田温司『黙示録　イメージの源泉』岩波書店

フィリップ・リンベリー、イザベル・オークショット『ファーマゲドン　安い肉の本当のコスト』（中野香方子訳）日経 BP 社

君塚直隆『物語　イギリスの歴史』上　古代ブリテン島からエリザベス 1 世まで／下　清教徒・名誉革命からエリザベス 2 世まで　中央公論新社

歴史の謎を探る会編『イギリスの歴史が 2 時間でわかる本』河出書房新社

秋田茂『イギリス帝国の歴史　アジアから考える』中央公論新社

島崎晋『マンガでわかるイギリスの歴史　一気に読み解く！世界史を変えた人物列伝』誠文堂新光社

指昭博『図説　イギリスの歴史』河出書房新社

波多野祐造『物語　アイルランドの歴史　欧州連合に賭ける"妖精の国"』中央公論新社

ローズマリ・サトクリフ『アーサー王と円卓の騎士』（山本史郎訳）原書房

アンヌ・ベルトゥロ『知の発見双書 71　アーサー王伝説』（松村剛監修・村上伸子訳）創元社

岩村忍『暗殺者教団　イスラム異端派の歴史』筑摩書房

岡多晴恵『感染症は世界史を動かす』筑摩書房

トマス・モア『ユートピア』（平井正穂訳）岩波書店

J.M. バリ『ピーターパン』（厨川恵子訳）岩波書店

ジェイムズ・ヒルトン『失われた地平線』（池央耿訳）河出書房新社

マーク・トウェーン『王子と乞食』（村岡花子訳）岩波書店

ウィリアム・シェイクスピア『ハムレット』（小田島雄志訳）白水社

ウィリアム・シェイクスピア『ジョン王』（小田島雄志訳）白水社

ウィリアム・シェイクスピア『ロミオとジュリエット』（小田島雄志訳）白水社

ウィリアム・シェイクスピア『ジュリアス・シーザー』（福田恆存訳）新潮社

ウィリアム・シェイクスピア『オセロ』（三神勲訳）角川書店

ウィリアム・シェイクスピア『ヴェニスの商人』（福田恆存訳）新潮社

ジョナサン・スウィフト『ガリバー旅行記』（原民喜訳）青空文庫〔電子版〕

原田範行『NHKカルチャーラジオ　文学の世界　風刺文学の白眉毛「ガリバー旅行記」とその時代』NHK出版

小川鼎三『医学用語の起り』東京書籍

柴宜弘『図説　バルカンの歴史』河出書房新社

ルイス・キャロル『鏡の国のアリス』（河合祥一訳）角川書店

レイ・ブラッドベリ『華氏451度』（宇野利泰訳）早川書房

ドリス・カーンズ・グッドウィン『リンカーン』上　大統領選／中　南北戦争／下　奴隷解放（平岡緑訳）中央公論新社

マシュウ・ジョゼフソン『エジソンの生涯』（矢野徹・白石佑光・須山静夫訳）心象茶

ジョーン・アデア『エジソン　電気の時代の幕を開ける』（近藤隆文訳）大月書店

浜田和幸『怪人エジソン　奇才は21世紀に甦る』日本経済新聞社

ボブ・ウッドワード、カール・バーンスタイン『大統領の陰謀　ニクソンを追い詰めた300日』（常盤新平訳）文藝春秋

# 英語研究室 2

## 一場由希臘羅馬到現代的趣味英語發展、應用及文化探索之旅

アダムのリンゴ

| | |
|---|---|
| 作者 | 小泉牧夫 |
| 翻譯 | 陳芬芳 |
| 責任編輯 | 張芝瑜 |
| 書封插畫 | 呂瑋嘉 |

| | |
|---|---|
| 發行人 | 何飛鵬 |
| 事業群總經理 | 李淑霞 |
| 副社長 | 林佳育 |
| 副主編 | 葉承享 |
| 出版 | 城邦文化事業股份有限公司 麥浩斯出版 |
| E-mail | cs@myhomelife.com.tw |
| 地址 | 104 台北市中山區民生東路二段 141 號 6 樓 |
| 電話 | 02-2500-7578 |
| 發行 | 英屬蓋曼群島商家庭傳媒股份有限公司城邦分公司 |
| 地址 | 104 台北市中山區民生東路二段 141 號 6 樓 |
| 讀者服務專線 | 0800-020-299（09:30 ～ 12:00; 13:30 ～ 17:00） |
| 讀者服務傳真 | 02-2517-0999 |
| 讀者服務信箱 | Email: csc@cite.com.tw |
| 劃撥帳號 | 1983-3516 |
| 劃撥戶名 | 英屬蓋曼群島商家庭傳媒股份有限公司城邦分公司 |
| 香港發行 | 城邦（香港）出版集團有限公司 |
| 地址 | 香港灣仔駱克道 193 號東超商業中心 1 樓 |
| 電話 | 852-2508-6231 |
| 傳真 | 852-2578-9337 |
| 馬新發行 | 城邦（馬新）出版集團 Cite（M）Sdn. Bhd. |
| 地址 | 41, Jalan Radin Anum, Bandar Baru Sri Petaling, 57000 Kuala Lumpur, Malaysia. |
| 電話 | 603-90578822 |
| 傳真 | 603-90576622 |

| | |
|---|---|
| 總經銷 | 聯合發行股份有限公司 |
| 電話 | 02-29178022 |
| 傳真 | 02-29156275 |

| | |
|---|---|
| 製版印刷 | 凱林彩印股份有限公司 |
| 定價 | 新台幣 360 元／港幣 120 元 |
| | 978-986-408-544-6 |

2019 年 10 月初版一刷・Printed In Taiwan
版權所有・翻印必究（缺頁或破損請寄回更換）

國家圖書館出版品預行編目（CIP）資料

英語研究室. 2：一場由希臘羅馬到現代的趣味英
語發展、應用及文化探索之旅 / 小泉牧夫作；陳芬
芳譯. -- 初版. -- 臺北市：麥浩斯出版：家庭傳媒
城邦分公司發行, 2019.10
　面；　公分
譯自：アダムのリンゴ
ISBN 978-986-408-544-6( 平裝 )

1. 英語 2. 讀本

805.18　　　　　　　　　　　108016661